風雲時代

風雲時代 風雲時代 風雲時代 風雲時代 風雲時代 風雲時代 風雲時代
雲時代 風雲時代 風雲時代 風雲時代 風雲時代 風雲時代 風雲時代 風雲
風雲時代 風雲時代 風雲時代 風雲時代 風雲時代 風雲時代 風雲時代
雲時代 風雲時代 風雲時代 風雲時代 風雲時代 風雲時代 風雲時代 風雲
風雲時代 風雲時代 風雲時代 風雲時代 風雲時代 風雲時代 風雲時代
雲時代 風雲時代 風雲時代 風雲時代 風雲時代 風雲時代 風雲時代 風雲
風雲時代 風雲時代 風雲時代 風雲時代 風雲時代 風雲時代 風雲時代
雲時代 風雲時代 風雲時代 風雲時代 風雲時代 風雲時代 風雲時代 風雲
風雲時代 風雲時代 風雲時代 風雲時代 風雲時代 風雲時代 風雲時代
雲時代 風雲時代 風雲時代 風雲時代 風雲時代 風雲時代 風雲時代 風雲
風雲時代 風雲時代 風雲時代 風雲時代 風雲時代 風雲時代 風雲時代
雲時代 風雲時代 風雲時代 風雲時代 風雲時代 風雲時代 風雲時代 風雲
風雲時代 風雲時代 風雲時代 風雲時代 風雲時代 風雲時代 風雲時代
雲時代 風雲時代 風雲時代 風雲時代 風雲時代 風雲時代 風雲時代 風雲
風雲時代 風雲時代 風雲時代 風雲時代 風雲時代 風雲時代 風雲時代
雲時代 風雲時代 風雲時代 風雲時代 風雲時代 風雲時代 風雲時代 風雲
風雲時代 風雲時代 風雲時代 風雲時代 風雲時代 風雲時代 風雲時代
雲時代 風雲時代 風雲時代 風雲時代 風雲時代 風雲時代 風雲時代 風雲
風雲時代 風雲時代 風雲時代 風雲時代 風雲時代 風雲時代 風雲時代
雲時代 風雲時代 風雲時代 風雲時代 風雲時代 風雲時代 風雲時代 風雲
風雲時代 風雲時代 風雲時代 風雲時代 風雲時代 風雲時代 風雲時代
雲時代 風雲時代 風雲時代 風雲時代 風雲時代 風雲時代 風雲時代 風雲
風雲時代 風雲時代 風雲時代 風雲時代 風雲時代 風雲時代 風雲時代
雲時代 風雲時代 風雲時代 風雲時代 風雲時代 風雲時代 風雲時代 風雲
風雲時代 風雲時代 風雲時代 風雲時代 風雲時代 風雲時代 風雲時代
雲時代 風雲時代 風雲時代 風雲時代 風雲時代 風雲時代 風雲時代 風雲
風雲時代 風雲時代 風雲時代 風雲時代 風雲時代 風雲時代 風雲時代
雲時代 風雲時代 風雲時代 風雲時代 風雲時代 風雲時代 風雲時代 風雲
風雲時代 風雲時代 風雲時代 風雲時代 風雲時代 風雲時代 風雲時代
雲時代 風雲時代 風雲時代 風雲時代 風雲時代 風雲時代 風雲時代 風雲
風雲時代 風雲時代 風雲時代 風雲時代 風雲時代 風雲時代 風雲時代
雲時代 風雲時代 風雲時代 風雲時代 風雲時代 風雲時代 風雲時代 風雲
風雲時代 風雲時代 風雲時代 風雲時代 風雲時代 風雲時代 風雲時代
雲時代 風雲時代 風雲時代 風雲時代 風雲時代 風雲時代 風雲時代 風雲
風雲時代 風雲時代 風雲時代 風雲時代 風雲時代 風雲時代 風雲時代
雲時代 風雲時代 風雲時代 風雲時代 風雲時代 風雲時代 風雲時代 風雲
風雲時代 風雲時代 風雲時代 風雲時代 風雲時代 風雲時代 風雲時代
雲時代 風雲時代 風雲時代 風雲時代 風雲時代 風雲時代 風雲時代 風雲
風雲時代 風雲時代 風雲時代 風雲時代 風雲時代 風雲時代 風雲時代
雲時代 風雲時代 風雲時代 風雲時代 風雲時代 風雲時代 風雲時代 風雲
風雲時代 風雲時代 風雲時代 風雲時代 風雲時代 風雲時代 風雲時代
雲時代 風雲時代 風雲時代 風雲時代 風雲時代 風雲時代 風雲時代 風雲
風雲時代 風雲時代 風雲時代 風雲時代 風雲時代 風雲時代 風雲時代

All Grass Isn't Green

新編賈氏妙探

之29 逼出來的真相

賈德諾 Erle Stanley Gardner 著 周辛南 譯

目錄
Contents

All Grass Isn't Green

出版序言

關於「妙探奇案系列」

當代美國偵探小說的大師，毫無疑問，應屬以「梅森探案」系列轟動了世界文壇的賈德諾（E. Stanley Gardner）最具代表性。但事實上，「梅森探案」並不是賈氏最引以為傲的作品，因為賈氏本人曾一再強調：「妙探奇案系列」才是他以神來之筆創作的偵探小說巔峰成果。「妙探奇案系列」中的男女主角賴唐諾與柯白莎，委實是妙不可言的人物，極具趣味感、現代感與人性色彩；而每一本故事又都高潮迭起，絲絲入扣，讓人讀來愛不忍釋，堪稱是別開生面的偵探傑作。

任何人只要讀了「妙探奇案」系列其中的一本，無不急於想要找其他各本，以求得窺全貌。這不僅因為作者在每一本中都有出神入化的情節推演，而且也因為書中主角賴唐諾與柯白莎是如此可愛的人物，使人無法不把他們當作知心的、親近的朋友。「梅森探案」共有八十五部，篇幅浩繁，忙碌的現代讀者未必有暇遍覽全集。而「妙探奇案系列」共為廿九部，再加一部偵探創作，恰可構成一個完整而又連貫的「小全集」。每一部故事獨立，佈局迴異；但人物性格卻鮮明生動，層層發展，是最適合現代讀者品味的一個偵探系列。雖然，由於賈氏作品的背景係二次大戰後的美國，與當今年代已略有時間差異；但透過這一系列，讀者仍將猶如置身美國社會，飽覽美國的風土人情。

本社這次推出的「妙探奇案系列」，是依照撰寫的順序，有計劃的將賈氏廿九本作品全部出版，並加入一部偵探創作，目的在展示本系列的完整性與發展性。全系列包括：

①來勢洶洶 ②險中取勝 ③黃金的秘密 ④拉斯維加，錢來了 ⑤一翻兩瞪眼 ⑥變！失蹤的女人 ⑦變色的色誘 ⑧黑夜中的貓群 ⑨約會的老地方 ⑩鑽石的殺機 ⑪給她點毒藥吃 ⑫都是勾搭惹的禍 ⑬億萬富翁的歧途 ⑭女人等不及了 ⑮曲線美與痴情郎 ⑯欺人太甚 ⑰見不得人的隱私 ⑱探險家的嬌妻 ⑲富貴險中求 ⑳女人豈是好惹的 ㉑寂寞的單身漢 ㉒躲在暗處的女人 ㉓財色之間 ㉔女秘書的秘密 ㉕老千計，狀元才 ㉖金屋藏嬌的煩惱 ㉗迷人的寡婦 ㉘巨款的誘惑 ㉙逼出來的真相 ㉚最後一張牌。

本系列作品的譯者周辛南為國內知名的醫師，業餘興趣是閱讀與蒐集各國文壇上高水準的偵探作品，對賈德諾的著作尤其鑽研深入，推崇備至。他的譯文生動活潑，俏皮切景，使人讀來猶如親歷其境，忍俊不禁，一掃既往偵探小說給人的冗長、沉悶之感。因此，名著名譯，交互輝映，給讀者帶來莫大的喜悅！

譯序

美國有史以來最好的偵探小說

周辛南

賈氏「妙探奇案系列」，（Bertha Cool—Donald Lam Mystery）第一部《來勢洶洶》在美國出版的時候，作者用的筆名是「費爾」（A. A. Fair）。幾個月之後，引起了美國律師界、司法界極大的震動。因為作者大膽的在小說裡寫出了一個方法，顯示美國人在現行的美國法律下，可以在謀殺一個人之後，利用法律上的漏洞，使司法人員對他無計可施，只好讓他逍遙法外。

於是「妙探奇案系列」轟動了美國的出版界、讀書界和法律界，到處有人打聽這個「費爾」究竟是何方神聖？

作者終於曝光了，原來「費爾」就是名作家賈德諾的另一個筆名。史丹利．賈德諾（Erle Stanley Gardner）是美國當代最著名的作家之一。他本身是法學院畢業的律師，早期執業於舊金山，曾立志為在美國的少數民族作法律辯護，包括較早期的中國移民在內。律師生涯平淡無奇，倒是發表了幾篇以法律為背景的偵探短篇頗受歡迎。於是改寫長篇偵探推理小說，創造了一個五、六十年來全國家喻戶曉，全世界一半以上國家有譯本的主角——梅森律師。

由於「梅森探案」的成功，賈德諾索性放棄律師工作，專心寫作，終於成為美國有史以來第一個最出名的偵探推理作家，著作等身，已出版的一百多部小說，估計售出七億多冊，為他自己帶來巨大的財富，也給全世界喜好偵探、推理的讀者帶來無限樂趣。

賈德諾與英國最著名的偵探推理作家阿嘉沙．克莉絲蒂是同時代人物，都活到七十多歲，都是學有專長，一般常識非常豐富的專業偵探推理小說家。

賈德諾因為本身是律師，精通法律。當辯護律師的幾年又使他對法庭技巧嫻熟，所以除了早期的短篇小說外，他的長篇小說分為三個系列：

一、以律師派瑞．梅森為主角的「梅森探案」；

二、以地方檢察官Doug Selby為主角的「DA系列」；

三、以私家偵探柯白莎和賴唐諾為主角的「妙探奇案系列」；

以上三個系列中以地方檢察官為主角的共有九部。以私家偵探為主角的有二十九部，梅森探案有八十五部，其中三部為短篇。

梅森律師對美國人影響很大，有如當年英國的福爾摩斯。「梅森探案」的電視影集，台灣曾上過晚間電視節目，由「輪椅神探」同一主角演派瑞．梅森。

研究賈德諾著作過程中，任何人都會覺得應該先介紹他的「妙探奇案系列」。讀者只要看上其中一本，無不急於找第二本來看，書中的主角是如此的活躍於紙上，印在每個讀者的心裡。每一部都是作者精心的佈局，根本不用科學儀器、秘密武器，但緊張處令人透不過氣來，全靠主角賴唐諾出奇好頭腦的推理能力，層層分析。而且，這個系列不像某些懸疑小說，線索很多，疑犯很多，讀者早已知道最不可能的人才是壞人，以致看到最後一章時，反而沒有興趣去看他長篇的解釋了。

美國書評家說：「賈德諾所創造的妙探奇案系列，是美國有史以來最好的偵探小說。單就一件事就十分難得——柯白莎和賴唐諾真是絕配！」

他們絕不是俊男美女配：

柯白莎：女，六十餘歲，一百六十五磅，依賴唐諾形容她像一捆用來做籬笆，帶刺的鐵絲網。

賴唐諾：不像想像中私家偵探體型，柯白莎說他掉在水裡撈起來，連衣服帶水不到一百三十磅。洛杉磯總局兇殺組宓警官叫他小不點。柯白莎叫法不同，她常說：「這小雜種沒有別的，他可真有頭腦。」

他們絕不是紳士淑女配：

柯白莎一點沒有淑女樣，她不講究衣著，講究舒服。她不在乎別人怎麼說，我行我素，也不在乎體重，不能不吃。她說話的時候離開淑女更遠，奇怪的詞彙層出不窮，會令淑女嚇一跳。她經常的口頭禪是：「她奶奶的。」

賴唐諾是法學院畢業，不務正業做私家偵探。靠精通法律常識，老在法律邊緣薄冰上溜來溜去。溜得合夥人怕怕，警察恨恨。他的優點是從不說謊，對當事人永遠忠心。

他們也不是志同道合的配合，白莎一直對賴唐諾恨得牙癢癢的。

他們很多地方看法是完全相反的，例如對經濟金錢的看法，對女人——尤其美女的看法，對女秘書的看法……

但是他們還是絕配！

賈氏「妙探奇案系列」，為筆者在美多年收集，並窮三年時間全部譯出，全套共三十冊，希望能讓喜歡推理小說的讀者看個過癮。

第一章　演戲

柯白莎一百六十五磅的體重，坐在會吱吱叫的迴旋椅裡，連椅子都好像在分擔她心中的憤慨。

「你什麼意思，我們幹不了這件事？」白莎問。一拳擊在桌面上，鑲在戒指裡的鑽石，跟了她的手動在閃爍發光。

我們可能的客戶，在來的時候給我一張名片，名片上除了「ＭＴ顧」三個字外，什麼也沒有。他說：「我老實說好了……嗯……嗯……柯小姐……還是柯太太？」

「柯太太，」白莎簡短地說：「先生死了。」

「好，柯太太，」顧先生順理成章地說：「我要找一個市內最能幹，第一流的私家偵探社給我服務。我問一個通常都能給我較好建議的朋友，是他推薦我到柯賴二氏私家偵探社來的。」

「我來這裡。發現柯賴二氏的柯氏，是個女人。而賴……」顧先生看看我，猶豫地在找措辭。

「有話就講，沒關係。」我說。

「好，老實說，」顧先生脫口而出：「事情變成要動粗的時候，你能不能自保尚有問題。你從水裡撈起來馬上秤也超不過一百四十磅。我心目中的偵探是個大男人，有攻擊性，拳頭粗，必要時擺得平的。」

白莎再次調整一下她的坐姿。坐椅也再次憤慨地吱嘎作響。「頭腦。」她說。

「什麼？」顧先生問。

「我們要賣給你的是頭腦，」柯白莎說：「我管營業方面的接洽，唐諾管外勤。這小夥子頭腦好得要命，你別小看了。」

「喔，是的……嗯……一定的。」顧先生說。

「也許，」我說：「你偵探小說看多了。」

他善意地笑了一下。

我說：「你已經有機會看清楚我們了。你不中意的話，沒有關係，你可以走的。」

「不，等一下。」柯白莎趕快接下來說話，兩個眼睛像鑽石一樣盯著好挑剔的顧先生：「你需要的是私家偵探社。我們能給你效果。我們能達到你要求，你還有什麼好怨的。」

「我是要好的效果，」顧先生承認說：「我要的就是效果。」

「你知道一般的私家偵探怎麼來的？」柯白莎受到刺激，發出不太悅耳的聲音說：「退伍警察，或是被趕出來的警察，大個子，有肌肉，去鏟雪是一等好手，腦袋裡面也是死肌肉。

「你看的偵探小說會寫主角把別人牙齒都打下肚去，就把兇殺案破了。你去找那種偵探社，他們是看你鈔票行事的。要是你出得起，他們每天放上三、四個作業員，每人每天五十元，到你吃不消為止。也許有效果，也許沒有。

「你要對我們有興趣，我們只有一個作業員，那就是這位賴唐諾。我告訴過你，但我還要再告訴你一次，這小子聰明得要命。我們也只要你五十元一天，開支照算，但是你會得到效果。」

「你付得起五十元一天嗎？」我問。目的殺殺他的神氣。

「當然付得起，」他噴鼻息表示輕蔑道：「要不然我也不會來這裡了。」

我用眼示意白莎別開口。「好了。你來這裡了。」我告訴他。

他猶豫了很久，顯然是不能做個明確的決定。過了一會，他說：「你們說得也對，我這件工作用腦比用肌肉有用。也許你們辦得來。」

我說：「我不想替一個一開始對我們能力有懷疑的人去工作。你為什麼不再多跑幾家看看有沒有更合意的。」

白莎怒視著我。

顧先生深思地說：「我想找一個失蹤的男人。」

「幾歲？」我問。

「大概三十歲，」他說：「也許三十二歲。」

「形容一下。」

「他大概五呎十一吋，一百八十五磅左右。鬈髮，藍眼，有獨特性格。」

「有照片？」我問。

「沒有照片。」

「姓名？」

「姓洪，叫國本。所有熟朋友叫他阿國。」

「最後地址是哪裡呢？」

「皮靈街，八一七號。他在那裡有一個公寓，是四十三號，他離開得十分突然，除了一個手提箱他什麼也沒帶。」

「公寓是租的？」

「我想租金付到了本月二十號。」

「什麼職業？」

「我相信他是寫小說的。」

「那一帶，」我說：「住的人都有點狂妄不羈。是有很多作家、藝術家住那裡。」

「正是如此。」顧先生說。

「你為什麼要找洪先生呢？」

「我要和他談話。」

「要我們怎麼著手？」

「找到這個人。不要讓他知道有人在找他，只要把他現在在哪裡告訴我。」

「就那樣？」

「就那樣。」

「洪先生是個作家？」

「我相信他在著手寫本小說。我知道他在寫，但不知道內容是什麼，這位先生認為寫小說的最忌和別人討論情節。他認為世界上只有兩種人。一種是不熱心你情節的，這種人使你寫下去的意志都會消失；另外一種十分熱心你情節，不斷發問。最後說故事說多了，懶得寫了。」

「那他是保守秘密派的？」

「沉默寡言派的。」他說。

我仔細看看我們的新客戶——一條舒服的便褲，燙得筆挺，一件價格昂貴的運動上裝，一件純綿的短袖襯衫，一條波羅領帶。絲質的領帶上一塊藍色的礦石夾在合適的位置。

他看到我在看這塊石頭。「貴橄欖石。」他很高興地說。

「什麼是貴橄欖石？」

「貴橄欖石是一種半珍貴的玩賞寶石。以重量——一盎司比一盎司來計算，是比黃金貴的。比較少見，可以形容是銅跑進了瑪瑙裡去。不是真正這樣，只是給你個概念。」

「你收集礦石？」我說。

「還有點興趣。」他說。

「這塊石頭自己找到的？」

「不是，我交換來的，這是塊很好的標本。」

「這位姓洪的，你最後什麼時候見到他？」我問。

白莎說：「等一下，在談細節之前，我得先決定原則。」

「原則？」顧先生問。

「訂金。」白莎說。

顧先生眼光離開我，向她看著。

「多少錢？」他問。

「三百五十元。」

「賣給我什麼？」

「本公司的服務。唐諾五十元一天跑腿費和我在辦公室的坐鎮指揮。開支是向你實報實銷的。」

「坐鎮指揮要不要錢？」

「包括在五十元之內的。我們兩個是一組，開支外五十元一天，都包括在內了。」她說。

他看看白莎，她坐在那裡像一捆帶刺的鐵絲網。年齡六十五左右。

「合理。」他說。

「支票本在身上嗎？」白莎問。

他不喜歡別人催他。他又猶豫了，伸手進口袋，拿出一個皮夾。

他把椅子向白莎桌旁一移，什麼人也沒說話，他開始數出五十元一張的現鈔。

白莎把身軀向前傾一點，試著去看他皮夾裡到底有多少張這種鈔票。他把皮夾一側，使她看不到。

室內鴉雀無聲，顧先生一次一張，拿了七張五十元的全新、脆脆的現鈔，放在白莎桌上。

「好了。」我說：「你最後見到姓洪的是什麼時候？」

「這很重要嗎？」

「我想是的。」

「我從來沒見過他。」

「有關他的事你都告訴我了？」

「沒有。我把一個好偵探需要知道的都說了。」

「我們還需要『你』瞭解一點。」

他用不太高興的眼光看我一下，然後湊到白莎桌上，用他中指敲著他才放在桌上的錢。

「這個，」他說：「是你要知道我的全部背景。」

他站起來。

「報告怎麼給你法？」我問：「郵寄？還是電話？也就是說，我們怎樣和你聯絡？」

「你們不用和我聯絡，」他說：「我和你們聯絡。我有你們電話號，你們知道我的姓，知道我要什麼。」

「等一下，」我說：「我要看一下地圖，對你說的位置確定一下。」

他猶豫地在快到門的地方站定。

我匆匆來到自己辦公室，對我的私人祕書卜愛茜說：「白莎辦公室裡有一個男人，三十二歲左右，很挺的便褲，運動上裝，馬上要離開。抄下他車號，要是他乘計程車，找到計程車車號。」

「喔，唐諾，」她絕望地說：「你知道我做不了偵探。」

「你只要不神經過敏，你就沒有問題。」我說：「你先去電梯口等著，和他同一個電梯下去。在電梯裡想點別的事，不要去看他。假如他起疑了，就不要勉強。不過很可能他腦子裡會在想事情，根本沒注意到你。」

我回到白莎的辦公室，正好顧先生離開。白莎用手指在數那些錢，抬頭向我道：「我不喜歡這個自以為是、傲慢的王八蛋。」

「他是來表演一下的。」我說。

「什麼意思？」

我說：「他來這裡的時候，早對我們的組織瞭如指掌了。說你是女人，我不像摔角高手，只是演戲的一部分。」

「你怎會知道的？」

「我感覺到的。」

「他為什麼要這樣表演呢？」

「使我們處在守勢的地位。」

白莎按鈴叫她的秘書進來，把錢交給她說：「拿去存在樓下銀行裡。」

我突然來了一個靈感，「剛才在這裡那個人，顧先生，」我問那女祕書：「他一進來說些什麼？」

「他要想知道柯太太是否有空。」

「他不是只看到門上柯賴二氏招牌，一點都不知內情闖進來的？」

女祕書搖搖頭說：「他是知道柯太太的，因為他指名要找柯太太。」

「他說了『柯太太』三個字？」我問。

「絕對是說了『柯太太』三個字。」

我向柯太太笑笑。

她鑽石一樣硬的眼睛，思慮地眨著。

我說：「那傢伙絕口不提自己的事。」

「這一點倒沒關係，鈔票是真的就好。」白莎說：「我們管他是什麼人。先把三百五十元給他用完，然後他不再付錢就不理他。」

「我對整件事都不太喜歡，」我告訴她：「我們從電話簿來查查看。」

「喔，唐諾，我們不可能把全市每一區，每一個姓顧的都查過。我們先看看我們這一區，有多少個姓顧的。」

「MT顧。」我提醒她。

白莎把我們這一區的電話簿打開，找到了姓顧這一欄。「MT顧……」她說：「一個顧明妲，一定是女的……一個顧明登……一個顧莫石……一個顧閩則，喔，不行，他可能是任何一個人。」

「他很神氣的樣子，說不定社交界裡滿出名的。查查加州名人錄看。」我建議。

白莎在身後書架上抽出加州名人錄打開說：「嘿，這裡也有不少姓顧的。這個顧梅東有一點像我們的客戶。」

我看一下照片，不錯，很像我們這位ＭＴ顧先生，只是年輕了五、六歲。他是一位成功的股票大王的兒子。老子已過世。這位顧梅東先生大學畢業，有學位，專攻公共傳播。已婚，太太名字施佩麗。沒有子女。參加俱樂部的名單列了長長一大堆。這傢伙除了接受過父親大筆遺產外，顯然一生從來沒有做過事。

「他奶奶的，」白莎說：「狗娘養的不肯說真名。」

「那沒關係，反正我們知道了。」

「是的，知道了。」

我回自己辦公室等候愛茜回來。

愛茜回來帶來報告。「他乘計程車走了。」她說：「是黃色車行的車，我弄到車號了。他是請車子在路邊等他的。那計程表是扳在等候上的，駕駛看他出來就開門。我們的人進去車就走了。」

「你沒能跟得上？」

「附近沒有空計程車。」她說：「我告訴過你，唐諾，我做不來偵探。」

「那計程車什麼車號？」

「這個我看清楚了。黃色車行一六七二號。」

「很好，愛茜。」我說：「辦得很好。我只是要弄清楚，他為什麼出了鈔票來騙我們。這件事不關你的事了。多謝你。」

第二章　耐心是好偵探必具的條件

皮靈街八一七號是從一幢三層住家改成公寓房子的。

曾幾何時，這一帶住宅房子都是市內最豪華的。當然這是很久、很久以前的事。市區擴大，把近郊都吞噬下去。大而奢侈的住宅漸走下坡。出售後有的變成一間一間出租，有的變公寓。底層則拿來營業。有理髮店、小辦公室，及沒有特性的雜貨店。

我經過一家只有一把椅子的理髮店，找到樓梯，爬上二樓，找到四十三號公寓房，站在門口聽著。

從貼鄰四十三號南側的四十二號內，我可以聽到連續的打字聲，偶爾停一下，接下去又是一串的打字聲。但是我要找的四十三號，裡面什麼聲音都沒有。

我輕聲地在門上敲了兩下，沒有人應門。

四十二號門內打字聲繼續著。

我站在昏暗不明的走廊上，一時不知該如何進行。我把手放在四十三號公寓門把上。門沒有鎖。我把門輕輕向內推一、兩吋，門無聲地應力而開。

我把門關上，又敲門。這次比較重一點。

沒有人應門。

我又轉動門把，把門推開，向裡面觀看。

這是一間連傢俱出租的公寓。不管曾有什麼人住在裡面，他離開得十分匆忙。地上有兩只空的紙板箱，和一些舊報紙。抽屜被打開，裡面東西拿掉了，但沒有關回去。房間只有一間，我右手側有一個小小可煮東西吃的地方。遠端有個開著的門，通小浴室。有一個布幔式的壁櫥，布幔拉開著，看得到牆上的壁牀。空的衣架掛在一根金屬桿上。

我很想進去看一下，但是有一個靈感如此不妥。我退後一步，把門關上。

四十二號裡的打字聲已停止，我聽到走向門口的腳步聲。

我舉手重重地敲四十三號的門。

四十二號公寓的門打開，一個快到三十或是三十才出頭的女人，站在門口上下地看著我。

我笑笑，使她對我放心。我說：「我是在敲四十三號的門。」一面又重重地敲了兩下。

「你是洪國本的出版商嗎？」她問。

我回頭思慮地看她說：「你為什麼這樣想呢？」

「因為洪國本在等他的出版商。」

「噢，我懂了。」我說。

「你沒回答我的問題呀。」她說。

「要回答嗎？」

「我想是的。」

「你可以等洪先生回來，問他呀。」我說。

「我想他不會回來了——也許我能幫你忙。」

「也許你能。」

「能請你告訴我發生了什麼事嗎？」她問。

我把眉毛抬起：「有事情發生嗎？」

「你知道的呀。半夜三更有人來，抽屜開關乒乓響，把東西都裝在紙匣子裡，弄下樓去。」

「幾點鐘？」

「早上一點鐘。」

「你見到他們了？」我問。

「我忍不住了，」她說：「他們這樣來來回回，乒乒乓乓我怎麼能睡得著。我起來，穿了件罩衫，開門，但這個時候，他們跑掉了。」

「什麼時候？」

「一點半。」

「有幾個人？」

「兩個，我想。」

「洪國本和他朋友？」

「我沒聽到他們說什麼。我沒聽出阿國的聲音。說話聲是另外兩個人的，他不在內。我再問你一次，你是不是阿國的出版商？」

「不是，我不是。」我說：「不過我希望在他和出版商談話之前，先找到他和他談談。」

「你是個著作代理人？」她問。

「也不完全……像你說的。我目前只能告訴你，我希望在他和出版商見面前，我能先和他談談。」

「你也許想要他的電影版權吧。」她說。

我用肩部做了一個無奈反對的動作說：「那是你在說。」

她看看我說：「要不要進來坐坐？」

我猶豫地看看洪國本的房門，「我想他是不在家。」我說道：「你不知道他什麼時候會回來吧？」

「我想他遷走了。我想他不回來了。」

「欠了房租？」

「據我所知，每月二十號他付房租，都是先付的。這個地方不付房租是不行的，付不出就滾蛋。」

「那麼硬，嗯？」我問。

「就那麼沒人情味。」

我跟了她到她的公寓。這一間比隔壁一間虛飾了一點。兩扇有百葉窗的門，後面是壁床。有一張飯桌，一張打字桌。打字桌上有架手提打字機和不少原稿。

「你是作家？」我問。

她指指一張直背椅。「請坐，」她說：「假如你是出版商，我想和你談談。」

「老實說，我不是個出版商。」我告訴她：「我也不知道能不能幫你忙。你寫的都是什麼題材？」

「我在寫小說，」她說：「我自己認為是部好小說。」

「這部小說寫多少了？」

「一半多一點。」

「角色如何？」

「很突出。」

「性格上的衝突？」

「不少。我的小說裡有懸疑，有主角左右為難，面臨必須選擇的場面，讀者會十分感興趣，到底他做了什麼決定。」

「真是太好了。」我說：「這個洪國本，你對他清楚嗎？」

「還相當清楚。」她說：「他來了五、六個禮拜了。」

「什麼使你想到我是他的出版商？」

「我知道他的出版商要來看他，他也在拚命趕他的小說，猛敲打字機。他是用兩個手指打字的。」

「知道他的小說是什麼題材嗎？」

「不知道，我們說好彼此在出版前，不問小說題材的。我自己也有迷信，詳細內容是不和人討論的。我認為這會帶來這本小說的滯銷。」

我同情地點點頭。「你和阿國是好朋友？」我問。

「好鄰居，」她說：「他已經有女朋友。」

「又如何？」我問。

「白南施，」她說：「我今天下午找個時間去看看她，問她知道些什麼。你看，我們沒有電話。」

「就住附近？」我問。

「上面，八百三十號。」她說：「就在街上面幾個路口。她住六十二之一公寓，我希望她會知道一點。」

「有理由，連她也會不知道嗎？」

她突然說：「男人都一樣的。」

「什麼一樣的？」我問。

她澀澀的突然生氣道：「他們喜歡東逗西逗，真正要負責的時候——他們退出，溜了，逃走了。你找不到他了。」

「你認為阿國是這種人？」

「天下男人哪一個不是這種人。」

「出版商也包括在內？」

她比較軟化了一點，又把我從頭到腳看了一次。「假如你是個出版商，」她說：

「你與眾不同。不過，無論你怎麼說，我總認為你是個出版商。」

「我想做個出版商。」我說。

「你是別人出錢，你代為出版的？」

我搖頭：「不是，不是的。」

「你還沒有告訴我你的姓名。」

「你也沒有呀。」

「我是傅麥琪。」她說。

「我是賴唐諾。」我告訴她：「我會再回來看看洪國本回來了沒有。假如他回來請你告訴他賴唐諾急著要見他。」

「我怎樣告訴他？賴唐諾為什麼急著要找他？」

我猶豫了數秒鐘，好像要決定是否告訴她似的。之後我說：「我還是親自告訴他好一點。我倒不是故意賣關子，實在那樣好一點。」

我站起來，走向門口。一面說：「傅小姐，你幫了很多忙，謝謝你。」

「我還見得到你嗎？」

「也許。」我說。

「我覺得我的小說真的值得一看。」她說。

「我相信是的。」我告訴她。

她站在走廊上，看我下樓。

我汽車裡正好有一台中古的手提型打字機。它狀況相當好，合適地放在一只箱子裡。我把它拿出來。走幾步，來到皮靈街八百三十號，找到在二樓的六十二之一公寓。我在門上敲門，沒有回音。我走回幾步，敲六十一之一的門。

應門的女人是個褪了光的金髮女郎，眼睛下面有了脂肪積存下來的眼袋，但是曲線仍舊很好，也還有吸引力。她穿了件上衣和褲子。從她臉上表情我可以看出來，她是在等什麼人，而我讓她大大失望了。

我說：「請你原諒我，夫人，但是我急著需要一點錢，我想把這台打字機賣掉。」

她眼光看得出，馬上有了興趣，她說：「要多少錢？」我說：「我的名字是賴唐諾，我是個作家，我現在要錢用。我希望你試試這個打字機，你肯出多少錢？我急著用錢，隨你出多少都可以。」

她說：「我已經有一台打字機了。」

「不會有這台好的。」我告訴她：「這台字體好，排列整齊，打出來的稿紙——給人好印象。」

這下說到了她的心裡。

「你試著打一段原稿，」我又說：「像排字排出來一樣，任何編輯都會注意看一下的。」

「你怎麼知道我寫稿？」她問。

「我在走廊走過好像聽到打字聲音。」

「什麼人叫你來看我的？」

「沒有人。我只是急著用錢，一定要賣掉這機器。」

「現鈔？」

「現鈔。」

她搖搖頭：「這裡很多人用打字機，沒有一個人買得起你這台東西。」

我說：「你試一下，不買沒有關係。我也許可以和你換一台打字機。我拿你的打字機，你拿我的，貼我少許現鈔。」

「貼你多少？」

「我要先看你的打字機。」

她看看她的錶說：「進來吧。」

公寓是兩房的，另外隔出了一個小廚房。一張皮面的橋牌桌上放了一台打字機。前面是一張摺疊椅，一堆原稿紙在桌上。整個房間看得出已經住了很久了。不算邋遢，當然也談不上整潔。

「你一個人住這裡？」我問。

她的眼睛突然生出懷疑。「這不關你的事，我們來看你的打字機。」她說，把她的打字機移到一張椅子上。

我把我的打字機打開，放到桌上。

她熟練地把紙餵入，試著打字。她用的是兩隻手指的打字方式，但她用得很快。

「你寫什麼題材？」我問：「小說？短文？」

「什麼都寫。」她說：「十項全能。」

我向室內環視著。有幾本有關作家的雜誌。有幾本有關市場行情的書。有很多信封在架上，大概是退稿。

她順手把桌上已打好字的原稿，背面向上，放到椅子上她的打字機上面去。

「你的打字機不錯。」她說。

「是很好用。」

「怎麼換法？」她問。

「我先看看你的機器。」

她跨向椅子，把打字機上一堆原稿又移到書架上。把打字機拿到牌桌上，把我的打字機推向一旁，吝嗇地拿了一張原稿紙給我。

她的打字機較老式，而且使用有年，打出來的字也不整齊，字體有點模糊了，用得最多的「E」和「A」小寫字已相當不清楚了。

「怎麼樣？」她問。

我說：「我們交換打字機，你貼我四十塊錢。」

她研究了一下我的建議。說道：「我再試試你的機器。」

這次她比上次多打了很多字。我看得出她很動心。

「二十五元。」她說。

「四十，」我說：「這機器和新的一樣。」

「三十元。」

「算三十五元，不能再少。」

「你真斤斤計較。」

「我急著要錢。我的打字機不錯。你的修起來很困難。」

「這我知道。」她靜了一陣問：「能不能今天給你十五元，二十元兩週內付清？」

我搖搖頭：「我需要錢。」

她嘆口氣道：「我沒有能力。」

「沒關係，」我告訴她：「我試試下一家。那六十二之一是什麼人住著？」

「沒有人住。」

「沒租出去？」

「有租出去，但是她搬走了。姓白的女孩子，白南施，別人西施，她南施。」

「也是作家？」

「應該是吧，一天打不少字，從來沒見發表過什麼。」

「朋友多嗎？」

「不多，不過人不錯。她突然搬走了。我也是昨天她搬的時候才知道的。」

「男朋友？」

「我怎麼知道？這裡各管各的生活。六十號之一有對夫婦，姓丁。我不知道他們幹什麼的，男的在哪裡有事做。不知她寫不寫東西，沒聽到過打字聲，也許她是藝術家，他們不交際。不過這一帶住的人都是各人自掃門前雪的。」

「白小姐事先一點也沒告訴你，她要搬家嗎？」

「沒有，要不是看到她用紙板箱和箱子把東西搬出去，我還不知道她搬走了呢。」

「搬家公司？」

「計程車。」她說：「她說好請計程車駕駛幫她忙搬。」

「用箱子和紙板箱子，滿奇怪的。」我說。

「不知她哪來那麼多紙板箱，至少有六只。都用紙膠帶封起來，邊上有可寫地址的地方。她把紙板箱先搬走一次，三十分鐘後又回來搬第二次。第二次只有只箱子。」

「計程司機一直幫著她忙？」

「是的。」

「黃色車行的車？」

「是的，我認為沒錯。」

「兩次都是同一駕駛？」

「這我就不知道了。老天！你為什麼對白南施這樣有興趣？」

「我自己也不知道。」我告訴她：「我有一種別人少見的能力。我能把零星的事湊在一起，推理出一個事實來。推想別人的性格和心理最靈了。所以我一聽到奇怪的事就有興趣了，不知不覺就問出問題來。你剛才說的引起了我的好奇心。抱歉。」

「反正她走了，你也不可能把打字機賣給她。」

「你不認為她會回來？」

她搖搖頭。「你說說看，還能不能再便宜一點？」

我又看看她的打字機。「我看不必了。你的機器太老爺了，要清潔，上油，整修。」

「我知道，我拚命投稿，我們這種自由作家都是沒有錢的。我這台打字機不好——但是我沒有錢——所以我送修都有困難。我大部份的稿費支票都是五元以下的……蹩腳雜誌，你知道。」

「也許……」我說：「你的原稿清潔、整齊一點，看起來像個專業作家，會賣得好一點。」

「我也這樣想，這就是為什麼我問你要怎麼個交換法。但是我不能不吃東西。再說房租兩個星期後又要到期了。」

「我不準備降低我給你的條件了。」我說。

「我真希望你能先取十五元去，過了兩個星期你再來拿二十元。我有一個小說已經登出來了，那二十元是靠得住的。」

「我真抱歉，」我說：「我不能這樣做。這幢房子裡你看還有什麼人可能會買我的打字機。」

「沒有人。」她說：「這一層只有四個公寓。第四個公寓是租給一個職業女人。她每天早上起床就去工作。上一層的人，我都不熟悉。」

我把打字機放回箱子裡去。

「我真抱歉，」我說：「我會試試隔壁那幢房子。那幢房子裡面情況你清楚嗎？」

她搖搖頭。「我們對鄰居都不十分關心，」她說：「我們各有各的朋友。我真的對這打字機很有興趣。」

「我也真希望能照你講的條件把它賣給你。我也要考慮我的生活，你知道。」

「你也寫東西？」

「偶爾。」

「你看起來滿有錢的，你不像生活有困難的。」

「你只看看我可以看得出來嗎？」

「是的，你說話很尖銳，表現得非常自信。你不像我們這些自由作家，退幾次稿，撞幾次壁，信心都消失了，代之而起的挫折和徒勞的感覺。我見到別人變成這樣。我自己也感到變成這樣了。」

「告訴你，我決心幫你一個忙。」我說：「把你打字機給我，另外給我十五元，我冒個險，兩個禮拜之後我回來拿那二十元。」

「你肯如此嗎？」她高興地說。

我點點頭。

「噢，太好了！我自己最近一直不滿意自己作品的外貌。像你所說，看起來就是像外行寫的。」

「你至少應該先換一條打字帶。」我說。

「打字帶要錢去買的。」她說：「錢又不會自己掉下來。」

她伸手進壁櫃摸索了很久，拿出兩張五元和五張一元的鈔票。

我把她的打字機放進匣子，把我的打字機交給她。說道：「記住，兩個禮拜之後我回來拿錢。希望換一部機器會給你不同的運氣。」

「會的，會的，我知道會的。」她說：「我已經覺得好多了。你說你姓賴？」

「賴唐諾。」

「我會準備好錢的。唐諾。我知道我一定會準備好的，我絕對有把握。我本來可以第一次多給你一點的，但是我要留點啃麵包。肚子太餓的時候寫不出東西來的。」

「那絕對是真的。」

她送我出門。她太高興了，抓住我兩隻手在我面頰上親了一下說：「我認為你太棒了。」

我拿了她的打字機回到我車旁，一再研究從她那裡得來白南施的消息。

用計程車搬了兩次。第一次是紙箱子，不到半個小時，第二次回來搬箱子。第二次之後，她沒回來過。

我又回到那公寓門口，找到公寓經理住的房間號。

我走去看經理。她已經不再過問自己的年齡，又肥又有多疑的習慣。我問她：「你有沒有空的公寓？」

「快要有一間了。二樓六十二之一。是個好公寓。」

「能不能看一下？」

「現在不行，還沒有清理。住客昨天才遷出，裡面弄得亂七八糟。」

「我瞭解公寓亂，不是本身差就行。」

「我現在不能陪你上去，我在等一個長途電話。」

「給我鑰匙，讓我自己看一下。」我說。

「你幹什麼的？」她說。

「我是個作家。」

她搖搖她的頭。「作家付房租不太俐落。他們說有了，但是到時總是拿不到錢。每次都是如此的。」

「公寓一個月多少錢？」我問。

「五十五元一個月。」她說。

我說：「我和一般的作家不同。我先付一個月租金，另外給你一個月保證金。任何一個月有困難你可以先扣保證金。」

「那就好，」她說：「你一定是個很成功的作家。」

「過得去。」我告訴她。

她把鑰匙交給我。她說：「公寓裡面亂得很，我今天下午會派人清理。」

「當然。」我說：「我知道。」

我又上樓，來到公寓的六十二之一。

裡面真亂，廢紙亂拋在地上，有很多紙團成一團在廢紙簍裡，房間裡的抽屜都出空了，沒有全關回去。

我把紙一張張鋪平。大部分都是別人寄來的廣告信件。有一張信紙把要買的東西一一列出來：三本書，有書名、作者；原稿紙兩刀、複寫紙一包、鉛筆、鋼筆、橡皮擦、打字帶、信封及作家有關的雜誌。

沒有人能告訴我，她為什麼把這張紙自打字機上拉下又拋進廢紙簍。

這張紙的上緣有發信人姓名地址。豪南施，五號信箱。

我把紙拿起，摺疊，放入口袋。下樓，把鑰匙還給經理，告訴她公寓尚還合適，我要在清理之後再來看看。

我開車回自己公寓，拿出分類廣告黃色電話簿，找運輸公司、貨倉貯存，這一類的廣告。這樣大一個都市，會有多少和海陸空運輸有關的公司，絕對不是任何人可以估計的。每個公司為了集散方便，又在全市設了多少集散倉庫，更非一般人能知道的。我又不知道公司名稱，但我有得是耐心。偵探做久了，知道耐心是好偵探必具的條件。天上掉下來的機會一生只一次、兩次。但你自己去找機會往往是在那裡的。

我找到一個萬國貨運公司，它在南施公寓五條街之內有一個貨運倉庫分庫。

我開車來到黃色計程車總行。調派部門有所有計程駕駛接送客人無線電回報的記錄。我花了點手腳，一位作業員說：「不錯，我們昨天有一個駕駛，在皮靈街八百三十號運了幾只紙箱子去萬國貨運的一個支庫……有什麼麻煩嗎？」

「相反的，」我說：「我發現那駕駛很和氣，很勤快，很能幹。我另外有件事，也想找他來辦。」

「那部車，目前不一定找得到它。」作業員說。

「你的車每做一件事都會報告進來的。」我說：「昨天這輛車報回來從皮靈街拿幾個紙板箱去萬國貨運支庫的就是我在車上，之後他又帶我回去拿箱子走了一趟。」

由於我清楚計程車無線電回報只回報起始點，從不回報乘客資料，所以我唬他一下沒關係。

我塞十元錢過去。「我倒是真心的，」我說：「希望再找他做點事。」

「找他可能要花不少時間。」他說。

「我願意等。」

「那輛車是二二七A。駕駛都是輪班的。車子是二十四小時一天不停的。一位駕駛開回來，接班的就開出去。」

「我懂，」我說：「但是這個駕駛是白天班……」

「那他現在可能正在上班。」

「你能不能用無線電呼叫他，叫他回到皮靈街八百三十號去。我在那裡等他。」

「你就是要這一輛車子？」他問。

「就是要這一個駕駛。」我說。

「好，」他說：「我來呼叫他，你去等好了。」

「我在樓梯腳下等他。」

我開車回皮靈街八百三十號。等了二十五分鐘，一輛黃色計程車開過來。駕駛走出車來向四處張望。

「昨天你幫了我一個忙，」我說：「運了幾個紙板箱去萬國貨運。」

他思慮地看著我說：「不是替你運的吧？是一個……」

「我知道，」我告訴他：「那是我的助手，白南施。她從六十二之一公寓遷出。告訴你，有些東西匆忙中混錯了。有些應該留在萬國公司貨運倉庫裡的東西，給她帶走了。我要再對一下，只有你能幫忙。我們先要去萬國。」

他取了我給他的十元小費，說道：「這件事那麼重要？」

「當然，這是件要緊事，我一定要弄清楚才行。我想南施匆匆忙忙把一篇我有興趣的原稿，裝進紙箱送到萬國的貨倉去了。」

「好呀！」他說：「我們走吧。」

他把計程錶拉下，無線電回報，我們向萬國貨運公司這一區的集散支庫出發。

「你在外面等，」到了目的地，我對他說：「不會太久的。」

我走進去，對櫃檯前的女郎說：「我的助手昨天從皮靈街八三〇號送來好幾個紙箱子的貨，是外面那計程司機搬進來的。我助手——她填的單子，箱子的數目有一點弄錯了。能不能給我看看託運單，或是填的表格，反正我只要看運了多少箱。」

她看都不看我，認為是常有的事說：「什麼名字？」

「豪南施。」我說。射一下高空。

她用手指依行看著一份登記單，說道：「有的，六箱。」

「只有六箱？」

「只有六箱。」

「原來六A沒有送來。」我說：「我要趕快去找一找送到哪裡去了。這些人做事不牢靠。謝謝你。」

我看到那女孩眼光中升起一點點的疑惑。所以我不願太依靠運氣了，我撤退，走出來對計程駕駛說：「是有一點地方搞混了，我們回皮靈街去。」

回程中，我說：「我的助手把紙箱託運走後，她自己的箱子也是你幫她運走的嗎？」

「沒錯。」

「機場？」我問。

他突然發生疑問，自肩後看向我說：「不是機場。」

我仰頭大笑：「她老只想到省錢。那她一定是去坐巴士了，我叫她乘飛機的。」

「我是把她送去巴士站了。」他承認地說。

我不再問他任何問題。到了皮靈街他把車停好，我照計程錶給他車錢，我說：「另外有一箱東西我想南施會留在房東那裡等我去拿的。我們這個地方退租了，你知道。」

「我知道。」又看看我另外給他的小帳說：「謝了。」

他把車開走。

我回到自己公寓，找出一只紙板箱，裝三、四本不要的書，又塞了一些舊報紙進去，用紙膠帶封起，用筆大大的寫上「豪南施，六A」。

我又隨便寫了一張內容清單，小小的貼在一側。

我用雙手抱著這個紙箱，滿臉愉快地回到萬國貨運支庫的櫃檯前。

「謝謝你，」我告訴那位小姐：「我找到了丟掉的箱子了，六A，你看。請你把它和其他的放一起好嗎？」

她接過箱子。

我說：「請你算一算，我應該要付你們多少錢。」

「我看這付不了太多錢的。要是只有這一箱更不必，因為我們要給你算出運送路程、重量、體積等等。但是我幫你個忙，就算這是和六件一起送來的，這樣一個大小的箱子加五毛錢就可以了。」

「再謝謝，」我說。交給她五角錢，轉身就向門口走去。走了幾步像突然想到什麼似的，立即停步。

我走回去說道：「對不起，我是不是應該要張收據？」

「但是，豪小姐已經有收據了。」

「我知道，那是六箱的。現在有了七箱了。加了這只六號A了。」

她想了一想，說道：「我給你一張分開的收據好了。」

她拿了一張印好做收據的紙，用打字打上：「紙箱一只，加入豪南施貨運，運至加州，加利西哥市，郵政總局自取。運費五角。」她簽了名，交給我。

「這樣你一定可以收到七件，錯不了的。」她說。

我又謝了她，走出來。

豪南施乘灰狗離開的。她以為自己沒留下地址。但是，加利西哥市，郵政總局留交自取當然也是個地址。她自己沒有汽車。洪國本才真的沒留下追蹤的線索。二和二加起來，他和白南施很可能約在加利西哥見面。

我開車回公寓，整了一只小箱子。把箱子丟在我這公司車後座，開車去加利西哥。

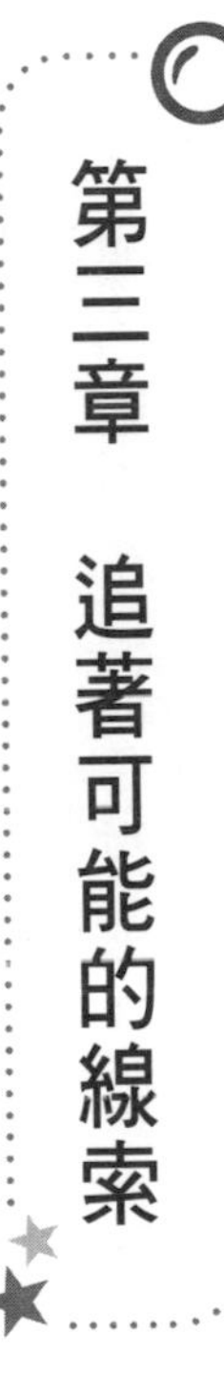

第三章　追著可能的線索

我走皮蒙及貝寧隘口，左邊是聖高尼山脈，右邊是高聳的聖姜雪妥山。

我們有一個規定，用公司車出差的話，每一英里要我們客戶一毛五分錢，里程錶拚命在轉，不知白莎和我們客戶將來臉色會多難看。

白莎總是希望我把開支費用降低，因為這對公司沒有好處。開車下加利西哥等於把客戶付的三百五十元保證金開一個大漏洞——公司車的里程，再加我個人的吃住。

聖姜雪妥山的北麓超過海平面兩英里以上，所以仍有積雪，但是在山谷裡，氣候炎熱，我通過印第奧市後，公路一路向下已在海平面之下。氣候已熱得非常不舒服了。白莎從來不肯聽我話，把公司車裝上冷氣。她說我們公司車只作市區交通工具，裝上冷氣除了縮短車子壽命外一無好處。

我還沒有和白莎聯絡過，我在哪裡？在做什麼？我知道告訴了她，我又走不成。但是去加利西哥市，是目前唯一的線索。

下午相當晚，我到達加利西哥市。

加利西哥和墨西加利，兩個是孿生市區。加利西哥在北，墨西加利在南。美國和墨西哥國境分界鐵絲網是兩市唯一的分界線。

我又停下來細想。

南施沒有車子，她是搭巴士來的，顯然身邊鈔票也不多。她當然不可能住得起第安薩一類的豪華大飯店。事實上她是不是已經到了加利西哥還是問題。唯一的線索是所有信件都會寄到這裡的郵政總局，她自己會來取。再說也可能她已經過了邊界，住在墨西哥那一邊了。那就是墨西加利。

我知道，跑腿工作又要開始了。

我做了一個引蛇出洞的信封，地址是本市郵政總局，留交豪南施。我把它投進郵筒。

除非對聯邦官員，否則郵局對客戶的資料是絕不公開的。我發明的引蛇出洞方法，對付這種小地方的郵局，是萬試萬靈，在好幾個案子中我都使用過，部分讀者也許也會使用這方法。（例如已出版《金屋藏嬌的煩惱》一案就使用過。）

所謂引蛇出洞的信封是要自己動手定做的。它大得不可能放進口袋或女人皮包。信封表面又紅又綠的，任誰拿在手裡，都明顯突出得像公祭的時候，有人帶條大紅花領帶。引蛇出洞的方法是，你依地址把信寄出，坐在車裡守著郵局的門口——尤其是信到分信之後的時間——你只要看著進進出出的人群，你就會看到你要的人出來。

你要的人，在留信自取窗口拿到這封「信」，他是男人，沒有辦法把它放進口袋；她是女人，沒有辦法把它放進皮包，十分之九傢伙會走出郵局門才發現這樣的東西拿在手裡太刺眼，急著要打開看看是什麼東西。

信封裡面要放東西，合理的是房地產廣告，帶著地圖和照片，這樣不會引起懷疑。守在門外的人可以好好看一下對方是什麼人，再決定要不要跟蹤。

我把信封寄出去之後，開了車，一條街、一條街記下每一個汽車旅館、房間出租的電話和地址。這個工作雖然費時，而且一定要做，但是這次我並不抱很大的希望，因為我心中有一個感覺，她已經過境住在墨西加利，但不斷回到加利西哥來收取信件。

列好汽車旅館名單，我換了一大堆硬幣，進入一個電話亭開始打電話。

我對每一家說：「這裡是第一信用諮詢服務。請問你們有沒有一位女的來住店，她沒有汽車，是用計程車來的。她的名字王小鳳。她住幾號？」

就這樣，一路都是回答沒有，撞到牆上一樣。

突然，有一家叫楓葉汽車旅館的，我中了意外的獎。

「我們有一個女人正如你形容的。」對方說：「她乘計程車來，帶來兩只箱子，但是她的名字不是王小鳳。」

「什麼房子號碼？請問。」我說。

「十二號屋。」

我說：「我找的人大概六十二歲。從東部來，有紐約口音。大概五呎六吋，瘦得很——」

「不對，不對，」那對方的聲音立即中止我的說話：「不對，我說的人大概二十六歲。赭色的頭髮，普通高度，身材很好……」

「那就不是我在找的人。」我說：「我找的一定六十出頭，而且瘦得厲害。」

「抱歉，這裡沒有你要的人。」

「還是十分感謝。」我說，把電話掛上。

我開車到楓葉汽車旅館，登記，住進了第七號房子。

這是一家相當好的汽車旅館。有個內院、游泳池，池旁還有海灘椅。

已經相當晚了。兩個孩子由一個女人看守著在池旁戲耍。

我換上游泳褲，來到池旁，猶豫著要否進水，最後決定躺在海灘椅上休息，佔了一個可以觀察十二號房的位置。

沒有什麼結果。

天漸漸黑了，我變成了池畔唯一的客人了。氣候有點冷了，我回房換好衣服，坐進停在我房前的車裡，繼續監視十二號房子。

九點不到二十分的時候，我等的人回來了。

在她沒有走向十二號房子，我就知道一定是她。她長得很耐看，乘計程車來的，但是看起來很沮喪。

我看準她是走向十二號之後，發動公司車，追上她乘來的計程車，看它是開向邊境方向。我超過這輛計程車，揮手請它靠邊停下來。

開車的是個機警的墨西哥人。

「這是輛墨西哥牌照的計程車？」我問。

他點點頭。

「我要過邊界去，」我說：「但是我不想開自己的車過去。我能把車停這裡，乘你的車過去嗎？」

「先生，你第一次來邊境的城市吧。墨西哥政府為吸引美國人來觀光，邊境孿生城都不設卡哨的，來回自由。再向南十二哩才要護照，和海關檢查。但是美國對我們計程駕駛規定太嚴了。我回程是不准帶客的。」他說。

「你記性太差了。」我說：「我就是從墨西加利坐你車過來的人，你忘了？」

儀器板上射出的暗淡光線，照亮了他的牙齒。「是呀，我想起來了。進來，我們回去！」

我把車停好，鎖上，坐進計程車後座。

「我們要繞一點路才回墨西哥。」他說：「不多收你錢就是了。準備到哪裡，先生？」

我從後面送上一張五元的鈔票，他奇怪地看看我。

「你帶一個年輕女郎來到楓葉汽車旅館，」我說：「她在哪裡上車的？」

「噢，」他說：「偵探！」

我向他淺淺一笑說：「一個寂寞的護花紳士而已。我對那女人仰慕已久，但是她很特別，一般的方法都沒有用。」

「她是在墨西加利的蒙地卡洛餐廳上車的。」他說。

「你就帶我去蒙地卡洛餐廳好了。」我說。

他牙齒又高興地笑露出來。「西西，西牛。」他說。（註：西班牙話「是的，先生。」）

步行的人，直走就可以經過邊界，從加利西哥進入墨西加利。但是用車子過去的人，必須要繞路，沿了一條和邊界平行的街道，走到一個南北向路口，聽從指揮停車，再右轉進入墨西哥。

這樣倒反給了我一點時間可以和那墨西哥駕駛聊天。

「你們墨西哥駕駛可以經過邊界帶客人來美國？」我問。

「是的，西牛。」他說：「你們美國計程駕駛也可以載客來我們墨西加利。不過雙方回程都不可帶黃牛，那是犯法的。今天我帶你要被查到，就有麻煩。」

我有一個感覺他會討好我，我就不吭氣。

過了一下，他說：「那個去楓葉汽車旅館的女人，有一點滿怪的。」

「噢。」我說。

「是的。」他說。

又靜了一陣。

這次我一聲不吭，他也不吭聲。他的方法是很正確的，我又送了五塊錢過去。

他很快地拿到手，說道：「我家人太多，我有四個小孩，另外一個馬上要出生。生活程度越來越高。」

「生活程度對我也是高的。」我說：「那女人有什麼怪？」

「她不會說西班牙話。」他說：「餐廳侍者跑來代她叫我的。那侍者說他有一個乘客要我帶去美國。那侍者我認識，說那女郎走進餐廳，叫了一杯飲料。她等啊等，等啊等。左等右等，又叫了一杯飲料。又等啊等地等，之後她要了客飯，極慢極慢地吃……

西牛，她是在等一個沒有來的人。這對你有用嗎，西牛？」

「也許有點用。」我說。

他突然停車，說道：「這裡要請你下車，請你自己走一條街的樣子，經過邊界。我在前面路口等你，再帶你去那餐廳。我想想還是不找麻煩好。」

我從車中出來，沿街走路過去，經過邊界，心中在想那計程車多半會開溜了，所以當他還真在前面等我時，反倒使我吃了一驚。他帶我又走了四條街來到蒙地卡洛餐廳。

這是一家非常非常大的餐廳。但是進門的地方只是一個門面的店面。店面上有一個吧檯，一扇門進入一個大房間，有好多好多桌子；又一扇門進入另一個更大房間，又有好多好多桌子。另外還有門，還有房間，還有桌子。客人多得如過江之鯽。

這是一個極有名、高尚、殖民時代老式的餐廳。人雖多，但是非常的靜。很多家庭餐會在此舉行。食物的芳香，使人不知不覺中胃口大開，我要了一客正餐。

在等候用餐的時候，我找了一個電話打給白莎不列在電話簿裡的號碼。

「唐諾，奶奶的。」白莎喘息著說：「你不必那麼要緊聯絡，你可以再失蹤一段時間！這下子你又去了哪裡？墨西哥？」

「墨西加利。」我說：「你怎麼知道？」

「墨西加利！」她大叫道：「你去那裡幹什麼？」

「追一個線索，追來這裡的。」

「你會把所有訂金都用完的。」她抱怨的說。

「我已經用了不少了。」

「你就這點差勁。你花錢像錢是天上掉下來的。為什麼不報告一下？」

「我沒有什麼值得報告呀。」

「嘿！我們的客戶在咬指甲，連手臂都吃下去了。」

「你又見他了？」

「我有沒有見他？他來過這裡一次，又打了三次電話來。他半個鐘頭前還和我通過話。他說要是你半夜之前有報告回來，一定要讓他知道。我現在把他的電話號碼給你。你替我馬上給他個電話才像話。」

我說：「我找到一個線索，七追八追就追過了邊界了。我只能報告這一點點。你代我打電話給他，說我這個線索很可靠。再說，假如他很有誠意的話，你該再向他收一百五十塊錢。」

「他有誠意是沒錯的，」白莎說：「不過，他不像很誠意要大方一下，他是焦慮的心態。你打電話好一點。六七六二三〇二。」

「好，我來打，我要住在墨西加利。我有條線索，明天就可以有結果了。」

「線索可靠嗎？」

「相當可靠。」

「一毛五分一英里。」白莎說。

「一毛五分一英里，我們滿划得來的。」我提醒她。

「從訂金裡開支就不見得。」白莎說：「客人付人的出差費五十元一天不會心痛，但是一毛五分一英里車子的出差費客人心痛得很。」

「好吧！」我說：「這件案子比我們想像中要複雜得多。開支當然也有所不同。」

「唐諾，今晚上你會在哪裡，你會住什麼地方？」

「在加利西哥有一個楓葉汽車旅館，我住在七號房子。我相信我們在找的男人會在二十四小時內出現。一有好消息我會立即打電話告訴你的。」

「你直接跟我們客戶聯絡好了。」白莎說：「他踱來踱去，連地毯都快踱穿了。」

「好，我打電話就是了。」我向她保證：「我不要他參加進來搗蛋。」

「不要忘了立即打電話。」白莎說：「我答應他午夜之前假如知道你在哪裡，會通知他的。你有電話號碼了，六七六二三〇二。你小心點，要他高興，我們還要他付錢。」

我告訴她不要擔心，我會照他意思辦，就掛斷電話。

我試白莎給我的電話號碼。

顧先生的聲音，刺耳地自電話線傳過來。「哈囉！什麼人？」

「賴唐諾。」

「噢，我看也差不多時候了。」他叫道。

「什麼差不多時候了？」

「差不多時候，你該有報告了。」

「你請我們不是做報告的，」我說：「你要我們找到某人。」

「找到了嗎？」

「沒有。」

「你在哪裡？」

「現在在墨西哥。」

「墨西哥！」

「是的。」

「你在墨西哥幹什麼？」

「找你要我們找的人。」

「你不可能在墨西哥找到他呀！」

「你能確定？」

他猶豫著，我趁機又說：「我只是追著可能的線索走。」

「是怎麼樣的線索？」

「他的女朋友。」我說。

「他的什麼？」

「他的女朋友。」

「什麼人？」

「電話裡我不願意說別人姓名。不過她以前住的地方，和你要找的男人住得很近。她也是在差不多的時候搬——」

「你找到他女朋友了？」

「我找到了。」

「那太好了。」

「怎麼啦？」我問：「這有關係嗎？」

「當然，當然，賴。」他的語音突然友善起來，他說：「你用的線索對極了。她在不在你現在的附近？」

「是的。」

「什麼地方？」

「我現在是在公共電話亭打的電話。」我說：「在國界的南面，我不想仔細形容。」

「該死！賴。」他說，他的聲音受到刺激，變得又尖又高：「一切由我來負責，我是你的僱主。告訴我她在哪裡？」

我說：「她在兩國國界美國那一邊。加利西哥。」

「加利西哥哪裡？」

「一個汽車旅館裡。」

「汽車旅館名字叫什麼？」

我猶豫了一下，說道：「楓葉。她在十二號房子。但是我們要的人不會在那裡和她見面，見面的地點是在邊界南面。」

「你知道是為什麼嗎？」

「我現在不知道。我找她找得很困難。她想辦法把一切後路都遮起來了，而且她一路用的假名。」

「什麼名字？」他問。

我硬性地說：「我不願在這個電話裡告訴你。你為什麼對這女孩那麼有興趣？你要我們找的不是她。」

「我對你用我的錢在做些什麼有興趣。我既然花了錢，我想知道得到了什麼。」

我說：「什麼……總機、總機……怎麼切斷了……總機。」

我把話機輕輕放回，回去享受我的晚餐。

晚餐美妙極了。加州，拜耶來的甜肉大龍蝦，加上特製的辣醬。不是洛杉磯墨西哥店裡的辣豆瓣醬，而是相當大量的瘦肉，在紅紅的辣油裡；即使沒有龍蝦，用這辣醬吃通心粉，仍是一絕。

我吃了不少玉蜀黍脆餅和菜豆。

就在我快要吃完晚餐的時候，一個男人走向付錢櫃檯前的經理，正好在我坐位置的後方。

「我說好和一個人在這裡見面，」他說：「但是我一路耽誤了。有沒有留什麼信或話給我？」

「你姓什麼？」

「舒。」

「沒有，」經理搖搖頭：「西牛舒。」

男人無助地在餐廳再度環視著。

經理說：「有一個西牛拉（註：西班牙語『女士』），是個美國西牛拉，在這裡等了又等，最後吃了晚餐，叫計程車走了。」

「沒有留消息？」他問。

「對不起，西牛。沒有消息，西牛。」

那男人走出去。

我拿走帳單，拿了足夠的錢，向櫃檯一放，也不等結帳，趕快走向門口。我可能跑得太匆忙了，我的侍者一把把我抓住。「付錢，西牛！你還沒有付錢。」

「付了。」我告訴他：「錢和帳單在櫃檯上。」

「沒有發票，不算付錢，西牛。」

在墨西哥說不通就是說不通。就這樣，寶貴的時機消失了。

在我最後證明沒有問題時，我也不管他「西牛，西牛」的道歉，快步來到街上。已經沒有那男人的蹤跡了。他一定轉過街角了。但哪一個街角呢？我選了東面，但選得不對。現在才知道在吃飯的時候外面下雨了。

黃昏的時候，確曾烏雲密佈。沙漠裡下雨的機會太少了，所以我想多半是有雲不會有雨的。現在看來雨不斷地在下，還沒有想停的意思呢。

這帝皇流域一帶，逢到下雨是件極麻煩的大事。

這裡肥沃土地上的收成，全靠人工灌溉得來的水分。這裡的農場也不需要水分。泥土全是史前時期科羅拉多河沉積下來的，像油漆一樣黏人。汽車輪胎把它濺到人行道和路面上，人車在路上走有如在冰上滑行。

我走回餐廳。

我問經理：「那個男人說要在這裡和別人見面的，你認識他嗎？」

「不認識，西牛。我以前沒見過。」

「能不能給我找輛計程車，要快。」我說。

他走出門口，向上看看天色，左右看看街道，搖搖頭說：「今晚不行了，西牛。這裡不像過界在美國。這裡通常我們有一輛計程車。今晚下雨，下雨就沒有。」

墨西哥是個很好玩的國家，只是有的事他們不懂，或是不想去懂。我們的「緊急」兩個字，對他們沒什麼意義。

我想找的人已經在我手上溜走了，但是我已經看仔細了，我不會忘記他的。

我一定要回到我泊公司車的地方去，因為這是在墨西加利下雨的夜晚，我只有這個方法。

即使是走路，路程也不算太遠，我把上衣扣起，領子聳起，儘量利用建築物、走道下，和遮太陽的篷，開始快快地向國界走去。

前面是一長條車隊，等著加利西哥美國海關的檢查。

真是一條好長好長的車隊。

超量工作的移民局官員和海關人員，在很遠的前面檢查站的位置在作業。他們一個一個在問入境的人是什麼國籍，有沒有在墨西哥買了什麼要上稅的東西，有沒帶規定量以上的墨西哥酒。偶而有人會被貼一張貼紙在擋風玻璃上，表示要開到前面邊上接受更詳細的檢查。但大多數的車子都是在接受簡單的問話後，很容易通過的。

我有聽到過走私的情況，統計顯示確有成噸的大麻自墨西哥邊境進入加州，其中也常夾有不少海洛英或其他禁止進口的貨品。

海關人員對於觀察過關旅客臉色的本領，實在是出奇的能幹，但是成千上萬旅客的數目，把他們壓得氣也喘不過來。

世界上觀光客最多的城市是哪一個？羅馬？巴黎？開羅？再猜一猜。事實上是加州和墨西哥交界的鐵娃那。這裡墨西加利的車輛通過，不如鐵娃那，但還是有不得了的量。

現在在我面前的是一長條車隊，駕駛人都把引擎開著，等得不耐煩。雨刷單調、有節奏、無聊地刮著車窗。

我看到一輛小型貨車，拖了個拖車，拖車上放了一個船宅。這情況引起我的好奇。很多熱衷於玩船的人，用拖車把船拖過墨西加利，再向南一百二十哩，到聖飛利漁港，那邊出海冒險、運動、潛水、海釣都十分理想，一路也是鋪得很好的公路。

再喜歡冒險一點的人，更向聖飛利南下五十餘英里，到波的西妥。波的西妥是海灣的精華所在，有小的住房出租，有拖車屋駐營的地方，有一切供應。那邊的海水是整年平靜、藍澄的。

一艘船宅反正總是新鮮的事物。

這一艘我見到的比一般的短一點，架在一對平底船架之上，由兩具舷外操舟馬達配為動力。前面的小型貨車，四輪傳動，假如玩船的有興趣的話，絕對可以一路開到波的西妥好好玩一下。

我的眼睛順便瞅了一下小貨車的駕駛，突然我警覺起來。他是我踏破鐵鞋在找的人；是剛才我在蒙地卡洛餐廳見到的人；是對餐廳經理說，他約好人見面，但是遲到了的人。

我也馬上理解出他為什麼會遲到了。假如他是從聖飛利上行，那條鋪得很好的路面一旦濺上泥漿，又要拖個拖車，拖車上是雙平底船架的船宅，遲到是必然結果。

我不停向前步行，速度大致和車隊前進速度相似。一面小心地觀察小貨車的駕駛人。現在我看清我的目標不是一個人在車裡，他還有個同伴。是個男的。我看不清他面貌，因為他坐的位置是在遠側，車裡又暗得厲害。

我自己已到了辦過境手續的位置了。我報了國籍，說明在墨西哥沒有買東西。

我又試試，能不能找輛計程車。沒有。我快步走到泊著公司車的路旁。開了公司車，回到通往邊界的路口。小貨車和船宅拖車已不見了，當然我早已記下了小貨車和拖車的牌照號碼。我有把握可以再找到這個男人。唯一困難，這個人完全不像我們客戶形容，要我們找的人。

當然，小貨車裡還有一個我沒有看清楚的人。這個人會不會是我要找的人呢？

我已全身濕透，開始發抖。

我開車回到楓葉旅館，從衣箱裡拿出一小瓶威士忌喝了兩口，洗了個熱水浴，上床睡覺。

第四章　毒品走私案

累了一天，我一開始睡得很甜。而後在半醒半睡中，我被什麼聲音吵醒。好像是因為爭執而提高了聲音。

我翻一個身，調整了一下枕頭，又再睡。然後突然完全醒來，這聲音也許是從十二號房子傳來的。

我盡全力把意識集中回自己的腦袋，自床上跳下來，來到窗口。

十二號屋裡沒有燈光。

也沒有聲音了。

星光下整個汽車旅館一點聲音也沒有。內院裡的照明燈照在游泳池上，反射出無波動的亮光。

我沒有加衣服，站在窗前，直到有點發冷。我又回到床上，但久久也不能入眠。我仍聳起了耳朵在聽，寂靜的內院什麼聲音也沒有。

我七時起床，淋浴，出來準備用早餐。

我已經好久沒有享受墨西哥式的早餐了。油炸蛋泡在洋蔥湯裡滲和著加了辣椒和香料的玉蜀黍脆餅一起吃。湯要燙，脆餅要薄。

這樣的墨西哥式早餐，再沒有比這裡的第安薩大旅社做得好了。

雨已經停了。天上是藍的，空氣清新。我住的地方到第安薩大旅社只有四條街的距離，我決定步行。把胸挺得高高的，一路呼吸著令人興奮的沙漠空氣。

我走進第安薩的餐廳，找了一個不太明顯的桌子，坐定，把我要吃的點妥，一面享受早上第一杯咖啡的香味，一面等候我的洋蔥炸蛋湯。

侍者把湯送上。我把咖啡放下，抬起頭來看到的是我們客戶顧梅東先生吃驚的眼神，他的坐桌離開我有三張桌子的距離，但他正好是面向我坐在那裡。

他並沒有想到會見到我，臉上的表情是無奈的。

我隨便地向他揮一下手，好像在這裡見到他是世界上最自然的事，不值得大驚小怪，低下頭繼續用我的湯。眼角帶著他一點點，那個方向有人站起來，我是一定會知道的。

他比我先用完早餐，我的眼角餘光告訴我他正向我桌子走來。

「嗨，賴先生。」他說：「你早，你早。今天早上你好嗎？」

「很好，謝謝，你好嗎？」

「有點想睡，但一切都好。」

「我沒想到會在這裡見到你。」

「事實上，」他說：「我也沒想到會來這裡。昨晚上和你通了電話之後，我想想還是親自下來，這樣我可以……可以……親自和你談談。在電話上總是聊不清楚的。」

「是嗎？」我說。

「絕對是的。」

「你住哪裡？」我問。

「就在這旅社裡。這裡是個好地方，招待好，吃的也好。」

「你常來這裡？」我問。

「也不常來。賴，現在告訴我，你發現了點什麼？」

「除了昨天和你在電話中講的之外，也沒什麼別的。」

「但是你一定另外有點細節。昨晚上你想說又沒有說，我知道我一定要自己來才行。你電話裡沒講完。你還另外有什麼沒告訴我，是嗎？」

「是的。」

「是什麼？」

我說：「那女人在等著和什麼人見面，我相信是等姓洪的。」

「那個女人，」顧說：「你一直不肯在電話裡告訴我她叫什麼名字——這也是我自己要下來和你面談的原因之一——她到底是什麼人？」

「她的名字，」我說：「是白南施。她自己在這裡登記為豪南施。南面的西施。」

「你真有辦法，憑什麼線索，你能找到她的呢？」他問。

我說：「你要我找洪國本，我自然要挖掘一切有關他的事。我發現南施是他的女朋友。我去找南施，發現她也神秘地失蹤了。兩個人失蹤的開始時間是一樣的。所以極有可能他們是一起行動的。」

「但是，你怎麼可能得知她是到這裡來了？」他說：「我簡直不能——」他突然停下來。

「不能什麼？」我問。

「不能想像。」他說。

「這些不過是偵探的常規工作。」我說：「當然十分費勁。你什麼時候到這裡的？」

「早上兩點半左右。濕的路面，真不好玩。」

我說：「這案子開支超出了一點。同業規定開長途每一哩要收一毛五分。」

「這沒有關係。」他快快地說。

「所以，」我說：「目前有一個問題，在你付的訂金用完之後，你要我們結束工作？還是再付錢要我們繼續下去？」

「繼續工作下去。」他說。

「當然是要我們找到洪國本囉？」

他從口袋中拿出一支鉛筆，在手中玩弄著。他把鉛筆筆尖豎在桌上，用拇指和食指從橡皮頭上一直滑下來滑到筆尖，把鉛筆倒豎過來，又用拇指和食指捏著滑下來。他是在做決定應該怎樣對我說。

我決定直搗黃龍。「到底你為什麼要找洪國本？」我問。

他猶豫了兩、三秒鐘，說道：「賴，連我都懷疑，有沒有那麼需要了。」

「告訴我，也許有點幫助。」我說。

「也可能沒有。」

我聳聳肩。「反正花錢的是你。」我說。

他把皮夾拿出來，抽出兩張五十元的鈔票。

「我要在訂金裡加上一百元，」他說：「這樣你們可以多工作兩天。」

「出遠差不一樣。」我說。

「好吧，至少在三百五十元用完之後，可以多一天吧？」

「都沒問題，」我說：「你是老闆。四百五十元用完之後怎麼辦呢？要我打道回府？」

「到時還沒找到他，只好算了。希望你盡可能節省。」

我想要說什麼，但是當我看到門口的情況，我突然停住了。

我臉上的驚愕一定是很明顯。

顧梅東，本來是背對大門坐在我對面的，突然轉頭，去看我在看什麼。

宓善樓警官，洛杉磯警察總局兇殺組幹探，幾乎也在同時看到了我。他也驚奇了一下，但是他善於控制自己的表情，他慢慢地走向我們的桌子來。

「好呀，好呀，」他說：「看看什麼人也在這裡。」

「哈囉！警官，你好嗎？」

「你在這裡幹什麼，小不點？」他問我：「你這位朋友是誰？」

我趕快說話，希望顧先生能有一個概念。我說：「顧先生，快來見見洛杉磯警察總局的宓善樓警官。他是我見過最能幹的警探，所以外縣市有什麼電請協助的都由他出馬。宓警官，你是公事來這裡吧？」

宓警官微笑地說：「做得不錯，做得不錯，唐諾。」

顧先生伸出手去。善樓用自己肥大的手抓了他一下，說道：「高興見到你。」

「什麼做得不錯？」我問。

「告訴顧先生我是什麼人，警告他我可能是為公事下來的。照你這種做法，我看得出顧先生是你的客戶。」

我不吭氣。

「沒有錯。」顧說。

善樓轉向我。「什麼工作？」他問：「你在這裡幹什麼，小不點？顧先生在這裡想要什麼東西？」

「想要點消息。」我說。

善樓自己拉過一張椅子，坐了下來。「看來我要陪你們一下了。你們兩位用過早餐了？」

我點點頭：「這裡的洋蔥炸蛋湯是很出名的。」

「不興吃。」他說：「匆匆忙忙吃口味太重的東西，不容易消化。我們還是不要把話題扯遠了。你說顧先生出錢請你下來找消息？」

「是的。」

「什麼樣的消息？」

我笑笑說：「你問錯人了，我不能出賣客戶的機密呀。」

善樓轉向顧先生。「什麼樣的消息？」他問。

顧先生目瞪口呆地說：「是公事嗎？」他問。

「要變公事也可以。」善樓告訴他。

顧先生好好的看了他一下，冷冷地說：「我一點也不覺得我和賴先生之間的事，會和你有什麼相干，警官。」

善樓一點也不讓步：「你最好覺得一下。」

「我怎樣想，也不覺得會有關係的。」顧說。

「洪國本這個名字，你聽說過嗎？」宓善樓問道。

顧先生呆在那裡說不出話來。

宓善樓笑了。勝利的微笑。

「我看得出你聽說過了，」他說：「那麼，你就說話吧。」

「我不知道你要我說什麼？」顧說。

善樓說：「你看，這個小不點是個快手快腳的人。千萬別低估了他，低估了他就會吃虧。舉個例來說，有一位住在皮靈街八一七號公寓房四十二號房的傅麥琪小姐，她的隔壁四十三號住的就是洪國本，或是阿國。

「你看會發生什麼事？賴唐諾一個人出現，敲洪國本的門，沒人應門。他又敲，終於把隔壁的傅麥琪小姐敲了出來。傅小姐告訴賴唐諾，阿國不在家。

「你看，我現在才要說到他的天才，真是不可低估。他誘導麥琪認為他是洪國本的經紀人。他把傅麥琪心中知道的統統詐了出來。所以他知道了洪國本是半夜搬走的。所以小不點才會到這裡來。」

顧先生從宓警官臉上看向我臉上，又看回到宓警官臉上。

「我不知道賴唐諾是因為什麼線索，」宓善樓繼續道：「一路追到邊界來的。所以，我要多知道一點阿國的事，和你為什麼對阿國有興趣的事實。」

「這個阿國——他有問題？」我問。

善樓很小心地說：「這個阿國也許有問題，也許什麼問題都沒有。」

我說：「加利西哥警察局不會因為洛杉磯失蹤了一個人，打電話請你來幫忙的。」

「很能推理。」善樓認可地說。

「再說，」我繼續說：「假如你是在找阿國，你已經知道我也在找他，你一定找到一條線索把你帶到這裡，但是完全不知道我也在這裡。因為你進來的時候，看到我，很出意外的樣子。」

「誰說來著？」善樓問。

「你自己的臉和自己的眼，說來著。」

善樓說：「小不點，你老毛病又犯了。不要亂混，這裡由我發問題。」

「這案子裡有什麼犯法行為嗎？」我說。

「可能，」善樓說：「阿國混進了一件毒品走私案，我們還不知道混得多深。」

我對顧說：「這種情況下，假如已經有人犯了法，假如有一點點可能牽到你身上，你應該什麼都不說。老實說，這是宓警官失職，他在問你問題前，先應該告訴你，不論你說什麼將來都可以用來對你不利，所以你可以保持沉默，你也有權找個律師代你來發言。」

「但是，什麼罪也牽不到我身上來呀。」顧說。

「噢，當然，」我揶揄地說：「宓善樓是專程南下兜售警察慈善舞會門票的。」

善樓微笑著。

大家窘靜了一陣，善樓說：「還是由我來告訴你們兩個寶貝一些事情。我是乘警察專用直昇機過來的。我早上五點鐘才到這裡，但是因為線索眾多，我一到就開始工作。

「那阿國是個作家，他什麼都寫。短文、小說，偶而會弄到一點值得傳播的報導。

「不知怎樣，他知道了大麻的流程。他自己私下不聲不響調查已經很久了。但顯然撞上了什麼大案子，因為他失蹤的那晚，他一個人猛敲打字機，瘋了一樣。

「然後出了點事，有人來看他，對這一點我們正在調查，來看他的人是敵人？還是朋友？

「阿國整理東西，開溜。他沒有太多東西，他把一切塞進汽車，就這樣走了。

「我們認為只有兩種情況造成這局勢。他知道太多，決心揭發，要把大麻是如何流進美國的公開出來，但是消息洩露了，有人要對他不利，他朋友來示警，他暫時躲起來；或者，他知道又有一批大麻要進來，他來取證，他到邊界來。

「由於他幾乎是把所有東西都搬走的。我相信來看他的是朋友，是來告訴他什麼消息的。

「當然我們不排除來人是敵人。販毒走私的一環。

「敲門的時候，洪國本正在猛敲打字機寫這一篇揭發走私的文章。他很可能不在意地剛開門，發現一把槍指著他肚皮。

「來人用槍把他帶走，當然不能留下片紙隻字有關這篇報導的。他可能帶了兩個同道來把公寓清理乾淨的。

「目前，」善樓繼續說，「我們暫時假設阿國的離開是自願的，他的報導尚未寫完，他突然發現情況緊急，他的朋友幫他緊急撤離。

「現在，我們準備……」

餐廳門口走進一個便衣，但是看起來一身都是警察樣子，一進來向大餐廳四下觀望，看到善樓，大步走到他身旁，碰碰他肩頭。「警官，借一步說話。」

善樓抬起頭來。「當然，當然。」他說。

兩個警官走到餐廳一角，我們聽不到他們說話的地方。那當地的警官不斷把情況告訴善樓，善樓相當震驚——這一點是絕對正確的。

不論那當地警官告訴善樓什麼事情，一定是十分重要的，因為善樓沒有再回我們桌子來。兩個警官走出餐廳，善樓連看都沒回頭看我們一下。

顧說：「嘿，真險。」

我看著兩位警官走出去的門口。想了一、兩秒鐘，轉頭看向顧先生。「現在是一段空檔時間，」我說：「正好請你多說點話。」

「向誰說，又說什麼？」他說。

「向我說，說你自己。」

「除了你已經知道的之外，我不認為你再需要知道什麼。」

「再想想。」我告訴他。

他猶豫了一下，說道：「洪國本實在我毫不關心。」

「當然，」我諷刺地說：「你拋三百五十元在白莎桌子上，說要我們找到他。現在，在這裡又交給我一百元，但是你毫不關心他。」

顧思慮地看著我，說道：「我來告訴你事實。」

「我非常歡迎。」我說。

他說：「我對洪國本毫無興趣。我的目標是白南施。」

這倒的確出我意料。「什麼？」我說。

「是的，」他說：「我的興趣在白南施。她跑掉了，但一切指示她是在怕什麼東西，怕得要死才逃走的。我試著找她，但一點線索也沒有。我跑去看洪國本，看他和白南施失蹤有什麼關係沒有，發現阿國也匆匆不見了。我想像中他們是一起走的。

「我不要任何人知道我真正的興趣是在白南施。我甚至連你及柯白莎也不敢告知。我知道只要你找到洪國本，我就會有足夠資料找到白南施。」

「為什麼要那麼祕密呢？」

顧先生說：「因為我是一個已婚的人。我的婚姻不是很美滿，我正在辦離婚。我太太和我正經由律師在辦財產分割。這個特別時間，她要知道南施的事，對我就非常不利了，我會多損失不少金錢的。」

我說：「你要早給我們說明白，你可以省很多時間，很多金錢。」

「但是，」他說：「也可能被你們知道後敲我一記竹槓，一下要我們兩、三——」

「兩三萬元？」我問，替他把話講完。

他想了一下，說道：「有可能。」

我腦子很快地轉動。「顧先生，」我說：「你對我很多地方說了謊，你開車下來，一到第一件事就是直接開到楓葉汽車旅館十二號房子。你一定要和南施談話。你們爭吵了，一切不如你想像理想。」

「你怎麼會這樣想呢？」他問道。

「你忘了我就住在七號房子，」我說：「我昨晚被你們吵醒了，吵鬧是從十二號出來的。」

「你聽到聲音了？」他問。

「聽到聲音了。」

「一男一女？」

「是的。」

「有沒有聽到他們說些什麼？」

我說：「我建議你少發問，多告訴我一點事實。我覺得你在這件事裡牽涉得要比想像更深。」

「我已經把事實告訴你了。」

我搖我的頭：「沒有，你還沒有。」

「你是指什麼？」

我說：「假如你真正的目的是找到南施，那麼昨天晚上，我告訴你南施在楓葉汽車旅館十二號房子的時候，你會說，假如我還沒有找到姓洪的，就不要找了。你付不起三百五十元以外的錢了。你會叫我們停止工作了。

「但是你沒有，你跳進汽車，自己立即開車前來。而且今天早上又親手給我一百元。為什麼？」

「其實，這也並不能證明什麼呀。」他說，有點敵對。

我說：「至少證明你言行不一致。」

我把椅子向後一推，「走，」我說：「我們去看南施。」

「我……我現在不想去見她。」

「不想去也要去。」我說。

「你是替我工作的。」他指出來說。

「你說得一點沒錯，我是替你工作的。這裡面一定有很多我不知道的事。否則宓警官怎會下來？走，我們一定要去見見南施。」

「我現在不要見她。」

「我現在要去看她。不勉強你，你可以跟我去，也可以留在這裡。」

「好，」他說：「我跟你去。」

我留了小帳，把帳單付了。

「你車在哪裡？」我問。

「就泊在門外。」他說。

「用你車去。時間可能比你想像要急促得多。」

他的車是輛大凱迪。我們開了四條街就到了楓葉汽車旅館。把車停好，直接去十二號房子。

鑰匙在門上，但是在門的靠外一方。

「這什麼意思？」顧問。

「這好像表示她退租了。」我說。

「那是不可能的。」他說。

「為什麼？」我問他。

他沒有回答我這個問題。

我大模大樣走上門口，大聲敲門。沒人應門。我就自顧地開門進去。

床已經有人睡過，但還尚未整理。我走進浴室。浴墊在地上，是乾的。洗澡用大毛巾在架子上，兩條都是乾的。

我們環顧室內。沒有一件女人衣服，沒有行李，沒有任何女人用品。

我對顧說：「好了，我們離開這裡，去我租的七號房好了。希望你能記起點什麼，可以告訴我實情。」

第五章 一級謀殺

顧先生和我走進我住的七號房子。

床也還沒有整理，我把兩隻枕頭向床頭板上一靠，自己坐在床上，把房間裡唯一舒服一點的一張椅子讓給顧先生坐。

「好了。」我說。

「什麼好了？」

「再告訴我一點。」我告訴他。

他搖搖頭。他是在擔憂。

「賴，」他說：「我實在經不起把自己姓名混進這件事去。老天，要是事情宣揚出去，我太太要是抓到點證據——她的律師是隻兀鷹。他會把骨頭縫裡的肉都剔出來吃下去的。只要一點點風聲就不得了呀！」

我說：「除了我，對任何人你都可以閉嘴不說話。」

「我不說，他們會用報紙新聞打死我呀。」

「假如你說了呢？他們會怎麼樣？」我問。

他對這問題也沒有回答。

我們兩個對坐了兩分鐘，沒說話。

我在想，顧先生在憂慮。

房門打開，宓善樓走進來。

「二位，」他說。

我假裝傻瓜。

「開始說吧。」善樓說。

「你那位朋友哪裡去了？」我問。

「他是這裡的副警長，」善樓說：「他有事走了。」他看看我，慢慢的微笑著，說道：「很重要的事，你應該知道是什麼。」

我搖搖頭。

「說。」善樓說。

我說：「顧先生和我準備到聖飛利去釣魚玩。我曾替他做了點小事，他很感激。我們兩個說好在這裡見面再一起去聖飛利。他請客，他邀我去釣魚。」

「你替你的朋友顧先生，在這裡做了件什麼小事？」善樓問。

我說：「顧先生計畫揭發毒品是如何從墨西哥流進美國來的。洪國本有點證據，顧先生非常希望能得到。但是洪國本一夜之間不見了，我的客戶要我替他找到阿國。」

「是什麼原因你到這裡來找呢？」善樓說：「說呀，小不點。多用點腦筋。不過只要你騙我，我都會知道的，到時別怪我對你不客氣。我連白莎一起拖進來處罰。我們是在調查重大刑案。你知道的，把不實消息提供給調查刑案警官，會怎麼樣。」

「什麼樣的重大刑案？」我問。

「謀殺，一級的。」善樓說。

我一下把身體從床上坐直：「什麼謀殺？」

「一級謀殺。你聽到我說過了。」善樓說。

「什麼人死了？是阿國嗎？」

「不是，」善樓說：「一個叫舒愛迪的傢伙——小不點，這名字和你有什麼關係嗎？」

我搖搖頭：「一點關係也沒有。」

「姓舒的是走私圈中的一環，」善樓說：「狡猾的不得了。我們也是今天早上才知道他們做法的。姓舒的偽裝對玩船十分熱衷，他有一艘船宅架在平底船架子上。他用拖車把它拖來拖去，多半去聖飛利，有的時候一下南下到波的西妥。

「昨晚舒愛迪自聖飛利回來，經過邊界的時間大概是九點四十五分——也許十點十五分，最晚——我們只能定在這時間當中。他經過邊界沒有困難，他一進加利西哥就開向郊外，之後就可通行無阻了。

「我們想像中另外有一輛車子會在那裡和他會合，那輛車和他之間有車用無線電通話，可以做他斥候，走在前面告訴他路上有沒有檢查的。

「昨晚，在主路的這一邊正好設立了路障在臨檢通過的車輛，我們事後研究，一定是前面的探路車把情況用無線電告訴了他。

「姓舒的決定入洞冬眠。他走進了他的船宅。

「只是他從此沒能再出來。」

「為什麼？」我問。

「因為一顆子彈打穿了他的心臟，」善樓說：「我們看像是點三八口徑的。」

「屍體什麼時候發現的？」

「大概今天早上七點鐘。」

「他死了多久了？」

善樓聳聳肩道：「也許三小時，也許七小時。」

「為什麼你肯把這些都告訴我們呢？」我問。

「因為，」善樓說：「我在想，你們可以幫我們忙。萬一，你們不肯幫忙，至少我們要你知道我們在調查的是謀殺案。假如你們知情不報，你們自己負這個責任。」

善樓自口袋中拿出一支雪茄，用牙齒將尾部咬掉，把雪茄塞進嘴裡，但是沒有點火。用譏誚的眼光看看我們。

「我看，」他說：「你們兩位應該和我一起出去走走。」

「公事？」這次是我問他。

「我可以把它變公事。」

我從床上起來，對顧說：「走吧，我們去。」

「去哪裡？」顧先生問。

「去警察專用的停車場。」善樓說。

「做什麼？」

「我要你們看看兇案的現場。」

我說：「我可能幫你一點忙。」

善樓把雪茄自嘴巴中拿出來，眼睛看著濕的部位說：「我是想你會知道一點，我不知道的事。」

「不是你想像中那種資料，」我說：「這件事和我來這裡毫無關係。」

「沒關係？」

「沒關係。」

「好吧，告訴我。」善樓把雪茄放進嘴巴的右手側，又用舌頭把它轉到嘴巴的左側。

我說：「我昨晚是用步行經過邊界回加州來的。我見到過那輛你所形容的船宅——一個小船宅裝在兩個平底船架上，由一輛小貨車，用個拖車拖著。」

「什麼時候？」善樓說。

「我形容的時間不會比你已經整理出的時間更正確。你們說得不錯，九點四十五到十點十五分之間。我最後看到它，應該是十點鐘。」

「還有什麼要說的？」

我說：「那個開小貨車的人，曾經把整套玩意兒，停在離蒙地卡洛餐廳走路很近的地方，他自己曾跟進餐廳，想和一個約好的人會合。」

「有這種事？」善樓說。

我點點頭。

「你怎麼知道？」

「我在餐廳裡。」

「還有什麼？」

「還有，」我說：「他並不是一個人。」

「你說有人和他一起進去餐廳？」

「不是，他經過邊界時，有人和他一起在小貨車裡。」

善樓把眼瞇成一條縫，把雪茄猛咬了幾下，然後慢慢地在嘴裡撥動著雪茄以思索我給的消息。

「形容一下。」他說。

「形容不出來。」我說。

「為什麼？」

「天很黑，我在走過邊界，這輛小貨車在等候過關。我對駕駛看得很清楚，另外一個人是在車的另一面，離我較遠，而且在陰影裡。」

「有沒有想到多高、多重、多老？」

「我有點意識他是三十歲，但是這絕不可靠的，只是靠他坐的樣子，頭和肩的位置。他沒站起來，不知多高，不過他坐在那裡的高度，不高不矮。」

「好，」善樓說：「讓我們給你們兩個看點東西。」

我們兩個跟他上警車，他帶了我們兩個到警察專用停車場。

我們一離開車子就看到昨天我看到的整套裝備——一輛福特小貨車，拖個拖車，拖車上是架在兩個平底船架上的一個船宅。

「就是這一套裝備。」我說。

「你不可以進去，」善樓說：「我們還沒仔細檢查。等一下他們會什麼也不放過，詳細檢查指紋和每件東西。目前我只要給你們兩位看一件東西。」

他帶我們到一個平底船架的後段。

我看得出這一部分已經做過指紋檢查。查指紋的粉還留在上面，有幾個近日的指紋印很清楚。當然已經照過相了。

善樓說：「稍等。」他從平底船架邊上的一個工作架上拿起一把起子，把它湊在船架後一個鐵板向外橇。

一塊鐵板鬆了開來。

善樓自口袋拿出手帕，把手指包住，再抓住鐵板，使它完全脫離開底船架。下面的巨大空間，塞滿了乾的大麻葉子，看得出塞了又塞直到不能再塞才住手。

我輕輕吹了一下口哨。

顧先生沒出聲。

善樓說：「你可以見到，在這裡我們找到了兩個完整的指紋。為了保護你們兩位自己，我建議你們跟我進來，我要留下你們的指紋，做個比對。」

「為什麼？」

「我們只是要確定這上面的指紋，不是你們兩位任何一位的指紋。」

我看看顧先生。

「我不認為你有權隨便採我的指紋。」顧說。

「也許沒這個權，」善樓說：「但是有權沒權反正指紋是要取的，你們有什麼理由要反對嗎？」

「完全不反對，」我說：「事實上，我的指紋你們有檔案。你個人就取過我好幾次指紋。」

「我知道——知道——」善樓說。

顧先生說：「你不能專制的愛怎麼做就怎麼做。假如有足夠懷疑我們的證據，就不一樣，但是看到馬路上有人，說捉來對指紋，這叫什麼辦案——」

「當然，」善樓不讓他說下去，插嘴道：「我們對你也已經有了點瞭解，顧梅東先生。

「你和你太太已經分居。自從分居後，你一個人住在威爾夏大道一個非常豪華的滿地樂公寓裡。

「昨晚九點三十分前後，經過公寓總機你接到來自墨西加利的一個電話。接完電話，你立即打電話至公寓車庫，命令他們把你的車準備好，說是有緊急公事要出城。

「顯然電話給你的消息十分重要使你立即離開洛杉磯南下。我看你多半在兩點鐘就到了這裡，因為下雨，一路一定很辛苦。我是在早上見到你的時候覺得你沒睡好似的。

「你知道，你從洛杉磯來，一定正好經過停在路邊的這艘船宅。你也許知道它是怎麼回事——我不能確定。你也許把車停下，進去過的。我們在裡面也找到了幾個指紋，和外面這塊偽裝蓋子上的完全一樣。

「所以，顧梅東先生，你是否願意到裡面來，讓我們替你取下你的指紋，澄清一下？」

顧梅東長長吸口氣：「你怎麼會知道電話的事，和我什麼時候離開洛杉磯的事？」

善樓含了雪茄微笑說：「千萬別低估了警察。我和你早餐時見了面之後，打了個長途電話回去，還有什麼消息得不到的。你一直是奉公守法的，你換地址的時候，甚至通知了監理站你汽車執照地址換了，真是值得大家效法的。那個滿地樂公寓是豪華公寓，他們有二十四小時總機服務，夜班服務員清清楚楚記得你的電話來自墨西加利。會不會是舒愛迪打電話告訴你，他已經安然通過邊界，而你告訴他停在路邊等你來了再說？」

「你瘋啦？」顧梅東說。

善樓把濕兮兮的雪茄自口中取出，看看他咬成掃把那一頭，把雪茄放回口中，自口袋拿出個打火機，點上火，吸著，直到冷冷藍白的煙自口中噴出。

「目前我除了預感外，可以說什麼也沒有。」善樓說：「但是我喜歡預感。進來吧，我反正要取你指紋的。」

我們只好跟他進去，善樓取了我們指紋。

顯然顧先生是第一次被人取指紋。他有點笨手笨腳，但是這些工作的技術員都是專家，沒一會兒一切都好了。

善樓吞吐著他的雪茄。

「好了，你們兩位，」善樓說：「我來送你們回汽車旅館。假如你們想起什麼，不要忘了告訴我。」

第六章　破綻

善樓自己把車開走，我對顧梅東說：「你先試著向我解釋，你和這命案是無關的。」

「我已經和你都講過了，」他生氣地說：「你說話像那混蛋的洛杉磯警官。」

我說：「好吧，我來問你幾個問題，你為什麼要找洪國本？」

「我已經告訴過你，我的目的是找南施。」

「你找南施是什麼目的呢？」

「因為我知道她漸漸混進了一個危險的局勢。」

「那個阿國，是你的情敵？」

「有像南施這樣漂亮的女孩子在邊上，每一個人都是你的情敵。」

「你怎麼會知道洪國本在寫一篇有關毒品的故事？」

「是南施告訴我的。」

「她洩了阿國的底了？」

「不是阿國的底。這故事本來是南施挖掘出來的。」

「南施又是從哪裡得來的？」

「她在美容院聽一位工作小姐說起的，於是一直在追蹤這個故事。」

「為什麼？因為她對毒品有興趣？」

「沒有，因為她對阿國有興趣。她知道他總在找個題目，可以一炮而紅。她認為這是機會，是個男人的故事。」

「她有內幕詳情嗎？」

「我不知道。」

「不要耍這一套。你和南施相當親近，假如她要告訴你一件事，她會全告訴你的。她有沒有告訴你拖車船宅的事？」

顧梅東停了一、兩秒鐘，沒回答這個問題，然後說：「我不喜歡你這樣詰問我，賴。」

我說：「你笨蛋，我是想救你的命。你破綻一大堆。千萬別低估了警方，宓善樓是在找南施。」

「我們也一定要找到她。」顧梅東說。

「善樓一定會在什麼地方先找到她的，」我說：「她沒有車。她可能沒有叫計程車。多半是有人來，把她載走。時間是今天清晨三點到四點，也就是你到加利西哥後不久。我想是你幹的好事。」

「你想偏了，」顧梅東說：「我衷心希望我確曾帶走她，希望已經把她安置在安全的地方。」

「對誰安全？對你還是對她？」我問。

「她。」

「我還不能確定帶走她的不是你。」我告訴他：「現在我要回到我原先的問題。她，有沒有告訴你，有一艘船宅用來作走私工具之用？」

「大致有提到過。」

「今天早上，在兩三點的時候，你開車進站，見到路邊停輛拖車，上面有平底船架著船宅，你做了什麼了？」

「好，」他說：「我認為——事實上當時什麼也沒想，反正我把車停下，走過馬路，試著想走進船宅去。」

「你怎樣做法？」

「我敲敲門。」

「你留下了指紋？」

「敲門留不了指紋。」

我說：「假如那傢伙出來開門。你準備怎麼樣——問問他，是不是你女朋友口中的毒品走私人？」

「不是，我準備和他亂扯一陣，假裝自己很喜歡遊艇，問問他聖飛利一帶玩水的設施。」

「在清晨三點鐘去打聽？」我問。

「我告訴過你，我為南施擔心得要命，」他說：「我根本沒有去仔細想。」

「你現在還沒想清楚。」我告訴他。然後，我突然說：「你有槍嗎？」

他猶豫地點點頭。

「槍在哪裡？」

「我……怎麼啦，在家——我想。」

「家是什麼地方？你太太住的地方，還是滿地樂公寓？」

「在……在家裡，我想。」

「你確定？」

「不。我不能完全確定，我已好久沒見到它了。」

「是支什麼槍？」

「是支點三八口徑轉輪。」

「你確定昨晚南下時沒有把它帶在身上？」

「沒有，當然沒有。我為什麼要把它帶在身上？」

「有不少人半夜單獨汽車旅行的時候，喜歡帶支槍。」

「我不喜歡，我奉公守法。」

「好，」我說：「目前看你最有利的做法是回洛杉磯。」

「你瘋啦？」他問：「我一定要留在這裡。我們兩個要一起來找到南施。」

「不要你一起來。」

「我希望能參與。我要知道你在做什麼，我要幫你忙。」

「你只會把環境弄雜了。」我告訴他。

「我相信她在危險之中。」

「假如她有危險，你不在這裡我可以幫她多一點忙。你對洪國本怎樣看法？」

「我恨他。」他說。

「妒嫉？」

「我不是妒嫉。就是這個人搞他的毒品報導，把南施陷入了危險的局勢。」

我告訴顧梅東：「你堅持不回洛杉磯去，只有一件事可以請你做。」

「什麼事？」

「開你的大凱迪，回第安薩，進你的房間，關上門，不打電話，不出來。」

「這樣多久？我會瘋了的。」

「直等到我通知你。」

「那要等多久？」

「不一定。」

「依什麼作準？」

「依我找出事實快慢作準。」

「什麼事實？」

我一直看到他眼中說：「你做過的事，你騙過我的事。」

「我不懂你的話。」

「我覺得你沒有對我坦白。」

「你要鈔票，我都照你們說的付了。你是替我工作的。」

「沒錯，」我說：「你出錢的目的不說清楚，讓我們在圈子裡猛兜，那是你自己活該。我反正五十元一天，你要我兜多少圈就多少圈。你要我圈子兜多大就多大。」

「你假如能看清情況，把牽住我脖子的繩子拿掉，我可以直向目的地，把一切要知道的都弄清楚，說不定對你有生死之別。」

「也許你會走到我不要你去的地方。」

「當然也可能。」

「我就是受不了這一點。」

「還是沒關係的，只要你先告訴我，哪些地方是你的禁區？」我說：「說明為什麼不要我去。」

他搖搖頭。

我說：「你有沒有想到，你可能被起訴謀殺罪？」

「謀殺罪？」

「還是第一級謀殺罪，」我說：「善樓現在正在盯著你。只要有一個指紋符合，或是任何線索牽到你身上，你就中獎了。」

「為什麼？他們不能……他們不敢。」

「然後，」我說：「報上頭條新聞就會出現『洛城富豪涉及走私謀殺』。」

他看起來像被人在腹部打了一拳。

「再想想，」我告訴他：「我是想幫你忙。不管你欺騙我多少次，我還是想幫你忙。不過有件事你要明白，我不能隱瞞重大刑案的證據。當警方是在調查謀殺案的時候，我不能向他們說謊。我是有照的私家偵探，我守法，守職業倫理。

「現在你給我聽話，回你的第安薩旅社去，把門關住，留在裡面不要出來。」

他看著我，有如一隻受傷的鹿看著傷他的獵人。站起來，自己走出去。

第七章 點三八口徑轉輪槍

我慢慢地駕車出城，沿路仔細地看著，我沒有困難就找到了船宅曾停車的地方。現場還是有一小批的人逗留著，車跡或是腳印都已經無法辨認了。顯然警方已經完全採證完畢。把貨車拖車移走，把圍住現場的繩索撤走，人群才移入的。

我看看這附近環境。

在大路的西面有一大塊很大的空地。對北行車來說，是在左手側。從鋪水泥的路肩邊上到沿路而平行的一條排水溝，至少有五十呎的距離。排水溝的對側是一排有刺的鐵絲網籬笆，籬笆過去是金花菜田。

金花菜田被灌溉的時候，多出來的水流進排水溝去，目前水溝裡還見得到濕兮兮的一層污泥。

我沿路走著，望向排水溝，看看有沒有足印。

水溝裡沒有足印，但是沿了水溝卻不少。警探們一定和我有過相似的想法，在這一帶溝裡看過了。從水溝那邊不可能有人跨溝而來，也沒有人能跨過如此寬的水溝而不留下痕跡的。

我脫下鞋子和襪子，拿在左手，涉過溝底的泥漿和水，爬上對側的水溝壁，從鐵絲網籬笆上找一個大一點的洞鑽過去。我做得非常自然，毫不關心別人注不注目，就像一個神經的外國人，隨便做點無意義的事一樣。

我平行水溝走了五十呎，看看金花菜田，我走回原地，又向相反的方向走了五十呎。

我又回頭走回來，於是我看見了，太陽光照射下一點藍色金屬的反光。

我向四周看一下，每一個人都對我沒什麼興趣。

我走向金花菜地，進去二十呎的樣子。

槍，就躺在一根金花菜的旁邊。

我很仔細地看看它。這是一支藍鋼，點三八，短銃鼻尖向上翻的轉輪槍。

我轉身，慢慢離開我找到的東西。

我才向籬笆走了兩步，一個十歲左右，黑眼、光腳的小男孩自水溝中泥濘上跑步過來。

「找到什麼了，先生？」他問。

「找？」我裝作無事地問。

「你找到東西了，你走過來看。你……我來看看。」他鑽過籬笆，開始想跑進金花菜田。

「等一下，」我說。

他停下。

「我是找到了東西，」我說：「這東西十分重要。我們不可叫別人知道了。我信得過你嗎？」

他好奇的臉上充滿興奮：「當然，沒問題。你要我做什麼？」

我說：「我就守在這裡，使我發現的不會被別人拿去。我本來要自己去報警的，你來了正好。你父親或母親在這附近嗎？」

「我就住那邊那幢房子裡，」他指著說：「白的那幢。」

「有電話嗎？」

「有。」

我說：「我在這裡等。不要對那堆人中任何人說話。你回家，爸爸在找爸爸，爸爸不在找媽媽。請他們打電話到加利西哥警察局。請他們立即來。就說一位賴唐諾找到了一件重要東西。」

「一個爛糖……？」

「姓賴的偵探。」我說：「你辦得到嗎？」

「當然，當然。」

「除了你父母，不要和任何人說話。」

「只有母親在家，」他說：「父親在工作。」

「快走吧。」我告訴他。

我坐在水溝邊上，看著他跑回白房子去。

才等了十五分鐘，宓善樓就帶了一個當地警察匆匆而來。

小孩在等他們。他高興地帶領他們經過排水溝。

善樓和警察看到水溝裡的泥漿時猶豫了一下，但還是決定涉水過來。圍觀的群眾突然看到警車匆匆而來，一個小孩帶領警察涉水過來，又發生了新的騷動。他們也看到了我，一兩個人開始走過來，警察揮手叫他們不要過來。

善樓和警察狼狽地走向我。

「小不點，最好是值得我看一看的。」善樓說。

「看了就知道。」我說。

我帶路，停在一個看得到槍的地方，指給他們看。

「真是該死！」善樓說。

他們兩個彼此互望了一下，兩個人又都看向我。善樓說：「你走到田裡去過？」

「最遠也是到這裡而已，沒再進去。」

「我希望你在說老實話，」善樓道：「你怎麼知道槍會在這裡？」

「我不知道。」我說：「我只是過來看看。」

「很多人已經來看過。」善樓說。

「我想假如有人要拋掉一把槍，他會站在水溝邊上，用全力把它拋進田裡。」

「為什麼不把它放身邊，帶離這裡，拋到一個永遠不會被發現的地方去？」

「也許他沒時間了。這把槍是絕對的證據，他希望立即脫手。」

「好，小不點。」善樓說：「你又在控制全局了。告訴我，你憑什麼想到爬過水溝來？」

「因為我知道沒有人曾爬過水溝來過。」我說。

「你怎麼知道？」

「沒有人能爬過水溝，而不留下痕跡。」

「又怎麼樣？」善樓問。

「所以我知道沒有人看過這一塊金花菜田。」

「我是沒有。但是命案發生時，好的警察單位，或好的警察應該把現場四周都列為清查地區的。尤其是兇器可能拋棄的範圍之內。」

善樓看看加利西哥警察，從口袋中抽出一支雪茄，放入嘴裡，走向手槍，慢慢彎下腰來，自口袋中拿出一支鉛筆，插進手槍槍管中，把手槍挑起。

「槍上找到指紋的機會不多。」善樓說：「但是該做的事，一定要依規定做。」

「我打賭，」那加利西哥警察說：「你會找到這繡花枕頭私家偵探的指紋。」

善樓搖搖頭：「你多半發現所有指紋都擦掉了。但是這小子太聰明了，他不可能做這種笨事。」

我們大家沿原路走回去。善樓手上拿著鉛筆，槍管套在鉛筆上，在空中有點搖晃。鑽過鐵絲網籬笆時，有點像個小丑，把桌球頂在球桿上，在地下爬著表演。

這時人潮自然形成了一個半圓形，圍向警方和槍。

警官們蹣跚地涉水通過排水溝，我光著腳大大方方地走過來，到我停車的地方。

「沒有得到我們允許不要離開本市。」善樓警告道：「我們可能隨時會找你的。」

「放心，你找得到我的，」我說：「楓葉汽車旅館，七號房子。再不然也在這附近。」

「一點也不錯，我們一定找得到你，」善樓說：「只是不要叫我們太困難就好了。」

我爬進公司車，想用光腳來駕駛，太癢了。

我在最近的加油站停車，用沖水的籠頭沖我的腳。加油站服務的人以困惑的表情看著我。

「我把腳弄髒了。」我告訴他。

他搖搖頭說：「真是無奇不有。」

我沒有把襪子穿上濕腳，只是把鞋子套上，開車回到第安薩大旅社。顧梅東住三六六房，我找到房間，在門上敲門。顧梅東急急地過來開門。

開門看到是我，明顯地看到大失所望。「又是你。」他說。

「又是我。」我說。

我的腳已經乾了。我走進去，坐在一張椅子上，自口袋拿出襪子，把鞋子脫下，穿起襪子來。

「這是什麼意思？」梅東說。

「我到案子現場去了。」我說。

「你是說謀殺案？」

「還有什麼案子？」

「毒品走私呀。」

「兩個是一回事。」我說。

「有什麼發現？」他問。

「警察出了個愚蠢的大錯誤。」

「怎麼樣？」

我微笑地說：「宓善樓遠從洛杉磯來，他是高級的聯絡警官，是調查謀殺案的專家，他在當地警察眾目昭彰下，出了個大洋相。我相信他現在窩囊得不得了了。」

「他出了什麼洋相？」

「沒有在現場附近找兇器。」

「你說他們沒有……？」

「有，他們現場查得很仔細，他們對拖車查得最仔細，他們查了拖車四周腳印。」我說：「但是那附近有一片金花菜田。田和公路間還有條都是污泥的排水溝。有人要爬過水溝一定會留下痕跡。

「那些警察看看那裡，沒有痕跡，想像中沒有人爬過金花菜田去，所以沒過溝去搜。」

「又怎樣呢？」梅東問。

我說：「警察課本上一再規定，現場附近一定要徹底搜索。不但是直接有關的環境，而且要看兇手可能站起把物件拋出去的範圍。兇器當然更是搜索的對象。」

「你的意思，還真有一支槍？」顧梅東問。

「真有一支槍，」我說：「一支點三八口徑轉輪，藍鋼，鼻短，鼻尖上翹那一種。我看來是一支很值錢的槍。現在在警察局，相信他們在猛用電話。

「再過兩分鐘，他們會從槍號查到槍主。然後他們會查指印——這一點可能什麼也查不出來。槍上查到指紋的機會在各案中都是很少的。」

「但是槍號都可以查到槍主嗎？」

「當然。每支槍都有售出記錄的。這，不會是你的槍吧？」

他強調地搖搖頭：「絕對不可能。我知道我的槍在哪裡。」

「在哪裡？」

他猶豫一下，說道：「家裡。」

「我看不見得。」我說：「你也許不知道現在槍在哪裡，但是你說謊的本領的確不高明。」

他深深吸口氣：「好吧，在南施那裡。」

「你怎麼知道？」

「因為是我親手交給她的。可憐的孩子擔心死了，也怕極了。我不知道她會試著逃走。我認為她會硬撐到……我告訴她上床的時候門窗都要關好，什麼人來敲門都要先問清楚，我叫她把這支槍放枕頭底下，要用的時候不必猶豫。」

「之後呢？」我問。

「我教她怎麼用這支槍。」他說：「你知道這種槍是自動撞針的槍，花不少次試驗，她才能瞭解。」

「你認為你的槍還在南施手中？」

「那是一定的。」

「有沒有機會，」我問：「南施混進這件案子，在船宅裡，是她開的槍？」

「不可能，」他說：「絕對沒有這個可能。」

我又想了想說：「也許你是對的。我同意機會不多，因為南施自己沒有車子，她不可能僱一輛計程車去跟蹤那輛走私車，一直跟到出事地點，叫計程車等候，她自己進船宅去，把舒愛迪解決掉。」

「你是個無中生有的呆蛋。」顧梅東不耐煩地說：「南施絕無可能……」

有力而等不及的敲門聲在門上響起。

我擔心地說：「這一定是宓警官，你最好去放他進來。」

顧梅東把門打開。

善樓看我一眼說：「好呀，好呀，小不點。腳踏風火輪趕來給你客戶報信，是嗎？」

「我已經向他報過信了。」我說。

善樓對顧梅東說：「你有一支史密斯華生三八口徑轉輪，一又八分之七吋槍管長，槍號一三三三四七。現在在哪裡？」

「你回答呀。」我告訴顧梅東：「他現在是懷疑你犯了一件特定的罪案，在問你一個特定的問題。他沒有警告你，你應有的憲法權利。那就是不論你說什麼，他都可利用來對你不利……」

宓警官用輕到聽不見的聲音咕嚕著三字經，伸手自口袋中掏摸出米蘭達卡片。

米蘭達卡片是著名的米蘭達案，自美國最高法院判決後，每一個美國警官必須帶在身邊的東西。米蘭達卡上印好對人權的種種保護警告，當警方要逮捕一個人，或是當警方對一個人的普通問題問完，要另外進入一個特定罪案的特定問題前，必須拿出來，向對方讀一遍，以保護每個美國公民的人權。

善樓開始公事化，變得一本正經。

他用單調的聲音說：「我們現在懷疑你有謀殺一位舒愛迪的可能性。所以警告你不論你說什麼，將來都可能利用來對你不利。相反的，我們建議你可以什麼話都不說。也建議你可以自己選一個律師，讓律師在整個調查過程中來代理你。假如你請不起律師，我們州政府會指定一位律師來代理你。」

善樓把卡片放回口袋。「好了，」他說：「你最後一次什麼時候見到這支槍？」

我對顧梅東說：「你有權在全案過程中請個律師代表你。你有律師嗎？」

「這裡沒有。」顧梅東說。

「你少夾在裡面攪亂。」善樓對我說。

「你的意思是他沒有資格找個律師？」我問。

「我已經告訴過他，」善樓說：「他有資格找個律師。」

我捉住顧梅東正在看我的機會，把食指豎直起來，放在緊閉的嘴唇前面。

顧梅東說：「我不想說什麼話，我要請個律師。」

「你可以請個律師。」善樓說。

顧梅東吞了口口水，考慮了一下，突然轉頭向我。「賴，」他說：「我要一個律師。」

「你不是本來有……」

「本來有的，對這種情況不見得能處理。」他說：「我要一個當地的，要一個全國最好的——最好的刑事律師。」

顧梅東伸手向褲袋拿出他的皮夾。開始數出全新的五十元鈔票。但又改變初衷，看看皮夾的另一面，拿出五張一百元的鈔票交給我。「三百元是給你的，」他說：「兩百元是請律師的訂金。把他弄到牢裡來看我，我自己來給他定律師費。

「同時，你繼續這件案子的調查工作。照我們約定的錢，我會照付的。」

「開支會相當大。」我說。

「該付的不要省。」

「什麼時機停止呢？」我問：「總有個限制。」

「沒有限制，一直花下去。」顧梅東提高聲調說。

善樓說：「顧先生，我也不想這樣對待你。但如你肯和我們合作，可能不需要把你帶走。事實上，我們目前只要知道槍的來龍去脈和你昨晚的動向。」

顧梅東看看我，我搖搖頭。

「小不點！你不是他的律師。」善樓氣憤地說：「用不到你來給他建議。」

「我是他請的私家偵探。」我說。

「那你最好自己手腳乾淨點，否則我把你們兩個關在一個監牢中，讓你們聊個夠。」

「裝上竊聽器？」我說。

「你總算猜對了一件事，」善樓生氣地說：「竊聽器是一定要裝的。你認為我們是幹什麼吃的？」

「這一點，我早就見到過。」

善樓轉向顧梅東，他說：「我目前決定不用手銬來銬你。但是不要誤解，你是已經被我逮捕了，不要有什麼特別的行動。我們走。」

他們走向門口，我們大家出去。梅東把門鎖上，我送他們到大廳上。善樓帶顧梅東到門口有位警察駕車在等的一輛警車裡，他們開走。我走向大廳的公用電話，打電話給白莎。

「我還在加利西哥。」我說：「我還住在楓葉汽車旅館七號房子，可能還要在這裡很久。我們客戶才給我一點錢，叫我繼續下去……」

「客戶給你錢！」白莎叫道：「他在哪裡？怎麼可能？」

「他也在這裡。」

「他要待多久呢？」

「可能要些時候了。」我說：「宓善樓和這裡的警方剛以謀殺罪將他逮捕了。」

「他奶奶的！」白莎說。

「這裡我負責就是了。」我趁白莎還在咕嚕不清的時候，把電話掛了。

第八章 刑事律師

我打聽到，在帝皇郡郡政府所在地厄爾申特羅，設有辦公室的鈕安頓律師，是這個郡最好的刑事律師。

我跑去看他，一點困難也沒有就見到了他。

他拿起我給他的名片，看了看，說道：「柯賴二氏私家偵探社，嗯？」

「是的。」

「你是賴唐諾？」

「我有一個客戶，現在在加利西哥監獄裡。他可能會被轉到厄爾申特羅來。」

「被控什麼罪名？」

「謀殺。」

鈕律師一看就是剛硬的，苛嚴的，老像欠他點錢似的。大概五十左右，顴骨高，眉頭展得很開，高額，快動作，但有點神經質。

「什麼時候被捕的？」

「一小時以前。」

「什麼人逮捕他的？」

「一位當地警察，伴同洛杉磯警察總局的宓善樓警官。」

「那宓警官和這件事有什麼相干？」

「他是查這案子的毒品走私部份。我認為他已進行這件事很久了。」

「死者是毒品走私犯舒愛迪。他是昨晚或今天一早被人殺死的。屍體是在一輛停在加利西哥路旁拖車上的一艘船宅裡發現的。」

「我們的客戶叫什麼名字？」

「顧梅東。」

「錢？」他問。

我從口袋中拿出兩百元。「這個，」我說：「是訂金。由你自己去見顧梅東再訂律師費用。我建議你最好讓他講實話。我認為他不會向你說實話的。」

鈕律師把兩張紙幣在長而瘦的手指頭上轉動著。

「他給你的故事怎麼講呢？」他問。

我說：「這傢伙顯然混得很好。他已經結婚，準備要離婚。各有各的律師，為財產在打仗。」

「多少財產？」

「顯然很多。」

鈕律師把兩百元裝進口袋裡，用右手拇指和食指握著下巴，臉上現出很關心的樣子。

「顧梅東，」我說：「就擔心宣揚開來，尤其是這件案子中某一個角度。」

「有意思？」我問。

鈕律師把嘴唇笑成一個大大的一字。

「有意思得很，」他說：「洛杉磯百萬富翁到加利西哥來，因謀殺案被捕。洛杉磯幹探來這裡和當地合作，這傢伙還想不要引起大家注意。

「至少有一點我可以保證，」鈕律師繼續：「今天晚上全市各報都會以這件事作為頭條新聞。這種新聞也絕對會電傳到全國去。說不定明天一早洛杉磯各報就會紛紛派記者來訪問。」

鈕律師拿起電話對外面小姐說：「給我接加利西哥警察局長——我等著接。」

他坐在那裡，電話沒有拿開耳旁。我可以聽到電話裡傳來的撥號聲，那是他秘書在給他接加利西哥警察局。

過了一下鈕律師說：「哈囉，局長。厄爾申特羅的鈕律師……你好吧……好嗯？……你那裡有我的一個當事人，叫顧梅東的……怎麼樣……原來如此……好，謝了，我在這裡等他好了……」

他停了一下，搖搖頭說：「無可奉告，不過非常謝謝你告訴我的一切。」

他把電話掛上，轉向我說：「那傢伙一小時之前送出到這裡來了。現在可能已經在這裡監獄了。我看我最好立即過去。」

「那好極了。」我說。

「你是一個職業性有執照的私家偵探？」

「沒錯。」

「我能從你那裡得到多少支援？」

我說：「我會去調查這件案子的實況，但是我要用我自己的方法。」

「我希望你能聽我話工作。」

「也許你有這種想法，但對這種事我有很多經驗，我要用我的經驗。」

「我也有很多經驗的。」

「沒問題，我知道你有。我相信這案子結束時你會有更多的經驗。」

「你已經對這案子下了點功夫了？」

「是的。」

「能告訴我結果嗎？」

「顧先生會告訴你的。」

「但是你還會和我聯絡的？」

「我會和你聯絡的。」

「得到什麼調查結果會告訴我的？」

「你必須知道的事，我一定會告訴你的。」

他體味著我這句話，問我道：「他們對付顧梅東，有些什麼證據呢？」

「我相信謀殺兇槍是顧梅東的東西。一支點三八史密斯華生轉輪。

「死者昨晚自邊界過來，開的是福特小貨車，拖一個平底船宅──架在拖車上。那平底船架子設計得很聰明，一塊蓋板打開，裡面可以塞好多好多大麻菸葉。這玩意兒就這樣進來的。

「他經過邊界沒出問題，之後他把車停在路邊。你們這裡的驗屍官怎麼樣？好不好？」

「相當不錯。」

「你會需要一個真正不錯的法醫學專家。」

「為什麼？」

「我感覺得到，死亡時間可能是本案中最重要的一環。」

「怎麼會？」

我說：「各種證據證明姓舒的最晚是十點一刻通過邊界。他選了一個很好的停車位置，離路泊車，他需要一輛先導車替他望風，那輛車也許在那裡等他，也許後來參加

「沒有。」

「以前見過他嗎？」

「沒有。」

「知道他是誰嗎？」

「不知道。」

「餐廳見過後，再見面是在什麼情況下呢？」

「我正在用走路走過邊界。福特小貨車、拖車和上面的船宅，在車隊裡等候過境。」

「看起來你只比他早一點點時間過境？」

「差不多。」

「有人可以證明你的故事嗎？」他問。

「我一個人睡了一晚。」我告訴他。

鈕律師搖搖頭：「賴，這可能是一個最不幸的習慣。」

他把椅子向後移一下說：「我現在去看我的當事人。要找你的時候，哪裡可以找到你呢？」

「在加利西哥，楓葉汽車旅館。至少暫時不會搬。」

「你要換地址的時候，請你通知我一下。」

我搖搖頭：「有的時候可能沒時間來通知你。」

他說：「你為什麼認為謀殺的時間因素那麼重要呢？」

「因為姓舒的經過邊界時，大概就是顧梅東開車離開洛杉磯的時候。姓舒的延遲了到達時間。他的望風車又見到了路障，所以他乾脆回進他的船宅去消磨時間。假如這個路障，徹夜都在，沒有撤除，是一件事；又假如這路障，在午夜之前撤除了，又是另外一件事。這可能很重要。路障撤除，但姓舒的還沒有開始趕路，表示他已經死掉了。」

鈕律師問：「警方發現屍體的時候，船宅裡狀況怎麼樣呢？燈亮著嗎？供電源用的乾電池瓶，有沒有消耗盡呢？床有人睡過嗎？有咖啡髒杯子嗎？有沒有——？」

「警察，」我說：「是單行道式不通消息的。他們只要求顧梅東提供消息，但不會主動告訴我們他們的發現的。」

「顧梅東沒開口吧？」

「沒有。」

「為什麼沒有。」

「我建議他開口之前先請一個律師。」我說。

「還想到什麼事嗎？」鈕律師問。

我說：「舒愛迪經過邊界時有一個人和他在一起。」

「男的還是女的？」

「男的。」

「長什麼樣？」

「說不上來，他在貨車的遠側，光線太暗看不清。」

「這一點警察知道嗎？」

「他們也知道。」

「他們知道你看到另外一個人和他在一起？」

「他們知道。」

「我們，當然要知道，這個和他在一起的是誰。」

「我們當然想知道。」

「有概念嗎？」

「沒什麼可以說的。」

鈕律師想想說道：「賴，我想我可以用你的。」

「用我或是利用我，是嗎？」我說。

「用你或是利用你，」他微笑著：「賴，要是我利用你，把這件事推在你頭上，希望你不要難過。」

「不會難過。」

「假如發現什麼對我當事人有利的事實，不要忘了告訴我。」

「可以。」

「但是你不願意和我商議，聽我命令行事？」

「不，我喜歡沒有拘束。」

「好了，」他說：「現在真的要去監獄看我當事人了。」

他和我握手，他的手很強勁有力，肉很少，肌腱很多，但很熱誠。

「謀殺案發生時，你是在加利西哥？」

「絕對。」

「祝你好運，賴先生，」他說：「我想你需要它。」

他離開辦公室，我暫停在外間向他秘書小姐要了一張有電話號碼的卡片。我開公司車回加利西哥。

第九章 世界上最瘋狂的想法

一路上，我都在用腦子猛想。

南施在今天很早離開了楓葉汽車旅館。當然只有南北兩條路可走，向東向西幾乎都沒什麼意義。她是乘計程車或是私人車子走的。

我還有很多跑腿工作要做。

把加利西哥所有計程車公司都跑遍，並沒有花我多少時間，然則什麼結果都沒有查到。

假如南施是南下的話，她可能去了聖飛利，一定有人用私家車載她去的。假如她是北上的話，她可能乘巴士回洛杉磯。後者在目前狀況並非聰明之舉。

假如顧梅東是在汽車旅館裡說話的人，他不可能帶她到太遠的地方去。他已經一路自洛杉磯南下，他一定累了。他最多北上帶她到厄爾申特羅，或南下過境而已。

我決定查一下墨西加利最豪華的幾個現代旅社。想像中這是顧梅東藏人最可能的地方。

露西娜是墨西加利最最新潮流的大飯店。有游泳池、有內院、有雞尾酒廊和豪華房間。

我把車停妥，走過去站在游泳池旁，看看這些曬太陽的客人。

我想應該用什麼方法問，問那些人，今天清晨很早的時候，有沒有一位年輕小姐登記住店。但是研究情況後，我覺得不能太貿然。

墨西哥人是天生的紳士，假如我有辦法帶一個墨西哥官員一起去問，我一定能得到答案。但是想一個人出動去向那死板板的櫃檯職員交涉，他一定告訴你，那個西牛麗塔（註：西語「小姐」）的事是她自己的事，和您西牛無關。

我揣摩著假如我是顧梅東，我會怎麼做，會和南施怎麼講。

一定是什麼緊急情況，才會使她半夜離開。

突然，我全神緊張起來。南施穿了件兩截的泳裝，臂上掛著一塊大毛巾，走出來，自己坐在一張泳池旁的太陽椅上。

我有時間仔細看她一下。我退出來，回到公司車旁，取出車箱的行李，登記住進露西娜旅社。

十分鐘之後，我已經換好游泳褲，在游泳池裡游泳了。我爬出泳池，選了一張不太適合我的椅子坐下去，左右扭了幾下，怎麼也不舒服，站起來，終於選定了南施邊上一張空椅子，輕鬆地坐了下去。

獵物在邊上，我心中在計算，是搭訕一下，慢慢和她熟悉好，還是一拳打在她兩眼之間好。

我覺得時間已相當急促，還是直接法容易奏效。

我把兩眼固定在游泳池的戲水人群上，嘴裡說：「南施，你為什麼今天那麼早遷出楓葉汽車旅館。」

她像有人刺她一針一樣跳了一下，短短吸進一口氣，好像要叫出來，自己趕快控制，用睜得很大，恐懼的眼光看著我。

「你……你是什麼人？」

「賴唐諾。」我說。好像說個名字就包括一切回答了。

「不，我不是問你名字。我意思，你……你怎麼知道我是誰？你要什麼？」

「我要和『他』談談。」

「你為什麼找到這裡來？為什麼問我？」

「因為只有你能幫我忙。」

「找『他』幹什麼？」

「問問毒品走私的問題。」

她又停住呼吸。

兩人不開口一陣。「你是個偵探？」她問。

「私家偵探。」我說。

她想了一陣，說道：「我恐怕幫不上你忙，賴先生。」

「我想你可以的。南施，你是怎麼搬過來的？你清晨那麼早離開楓葉，你自己沒有車，你也沒乘計程車。」

「一個朋友開車帶我過來的。」

我打一下高空。「一個開一輛凱迪拉克的男人？」我問。

「很多男人開凱迪拉克車。我告訴你，我一定要躲起來。」

「但是，昨晚你還在蒙地卡洛餐廳等候阿國。」

她說：「他說好七點鐘和我在那裡見面的。他說要是過一個鐘頭他不來的話，就不要再等他，要我自己想辦法保護自己。」

「你為什麼匆匆遷出洛杉磯的公寓，把所有東西用紙箱裝了放到貨運倉庫去？」

「因為我有危險，我們兩個都有了危險。」

「你說，你和我兩個。」我故意問。

「不是，我是說洪國本和我自己。」

「是為了你給他的毒品走私消息？你從美容院聽來的消息？」

「我真怕阿國出了毛病，他說好和我昨晚見面，除非他身不由己，否則我知道他是一定會來的。

「他自己要追隨那毒品走私一起過來，要弄到車子的牌照號等等。然後他會和我見面。那個走私犯會到蒙地卡洛餐廳去看看沿路有沒有問題，他有同黨在那裡見面。所以阿國叫我也在那裡等他。他叫我七點前到，可以觀察一點這方面的情況。過了昨天晚上，他所需要的一切資料就完全收集齊全了。他已和出版的主編講好了，他們在等他的稿件。」

「有一件事我們弄弄清楚。」我說：「這件事，本來是你從美容院得來的消息？」

「是的，」她說：「替我洗頭髮的小姐，和一個她不太真心的男人交往一段時間。他花錢很隨便，所以她也無所謂的跟著他。突然，她發現他專做毒品走私過境的生意。她不知道細節，但是她有足夠證據證明這是事實。她怕了，決定不能混下去了。這傢伙不但走私毒品，而且也推銷毒品，推銷給學齡兒童。」

「於是，」我說：「她告訴了洪國本？」

「不是，她告訴了我。本來她也沒有把詳情告訴我，但是我慢慢湊起來，讓阿國去追蹤，終於有了一篇好報導。」

「他怎麼追蹤法？」

「他從洛杉磯開始追蹤。」

「舒愛迪？」我問。

「嗯哼。你怎麼知道的？」

「我自己對這案子也調查很久了。」

「他追蹤舒愛迪，跟住他，拍到了幾張他在學校附近和學生鬼鬼祟祟的相片，其中有一張明顯看到在交貨。他們把東西放信封裡，在擦身而過的時候遞了過去。」

「然後，很突然的，阿國遷出了他的公寓，你遷出了你的公寓，為什麼？」

「我們遇到了麻煩。」她說。

「怎麼回事？」

「阿國太不小心了。他——在你說來太外行了。他追蹤的人發現了他，反而追蹤他到他的公寓來了。」

「之後呢？」

「我洗頭髮的那位小姐並沒有和他一刀兩斷，她還常和他在一起。他告訴她，有一個傢伙——他認為是黑吃黑的道上人——在跟蹤他，他說他要對付那傢伙。他問那洗頭髮的是否認識我。所以我的朋友知道了……反正我知道了，我們兩個是有危險了。」

「所以你告訴了阿國？」

「我告訴了阿國。」

「你還告訴什麼別人？」

「什麼人也沒告訴。我們兩個快快溜走，不使別人知道我們哪裡去了。」

「但是為什麼到邊境來？」

「因為洪國本知道這一批貨快要到這裡來了，他要證明貨是怎樣經過邊境進來的。走私的人，會和一個同黨見面——是一輛探路的車子——地點是蒙地卡洛餐廳。阿國也就約定我在那裡和他見面。我的任務也是先找找看那同黨是什麼人。」

「他既然知道自己已經曝光了，他知不知道自己有嚴重的危險呢？」

「他知道，但是他願意冒這個險。他認為他能跟蹤這批貨，看著它過境。」

「這真是世界上最瘋狂的想法，」我說：「你們兩個都是外行，做事的方法也外行透頂。」

她沒說話。

「阿國可能會有麻煩。」我說：「昨晚貨過來了嗎？」

「我不知道，不過我想是過來了。」

「今天清早你為什麼半夜還出來？」

「我……我認為我住在楓葉有點危險。」

「什麼人告訴你有危險？」

「我……我自己感覺出來的。」

「這個說法不好，再換一個說法試試。」

「為什麼？」

「這個說法不會令人相信，再換一個試試。」

她生氣地說：「我為什麼每句話都要看你相信不相信！」

「那倒不必，」我告訴她：「但是最好能使我信得過你。你不妨說說顧梅東看。」

「說他什麼？」

「他的每一件事。」

她說：「我告訴你只因為我沒有什麼需要隱瞞的。梅哥和我是好朋友，如此而已。」

「好到什麼程度？」

「在朋友而言，非常要好。」

「你知道他有太太？」

「當然我知道他結婚了。我告訴你，我不喜歡你說話的語調，我也不喜歡你的表情。

「你也許聽到過太多已婚男人，在外面釣上一個女人，告訴她要和太太離婚，娶她做太太。百分之九十即使他真是有意的，也不會有結果。」

「顧梅東和我不一樣，我在一個狂妄不羈的派對和他初識。他和其他的人格格不入，因為他和他們根本不是同一類。他是很有錢的人，你知道。」

「是嗎？」

「我要說他很有錢。」

「你在那派對見到了他，然後呢？」

「然後我們就忘了這個派對，他問我能不能找一天伴他出去一起用次晚餐，我說可以。

「所以他像個紳士帶我出去晚餐，他告訴我他結婚了，已經和他太太分居，他把大房子讓給他太太去住，自己住在公寓裡，他沒有孩子等等。」

「從此你們很投緣？」

「很投緣。」

「你也是洪國本的好朋友？」

「我和洪國本是朋友，我另外還有半打別的男朋友。我是愛好交際的，我喜歡混在群居交際的人群當中。我們喜歡人生，我們喜歡歡笑——這和你沒有什麼關係。」

我說：「我們替洪國本想想辦法。他在寫那篇毒品走私報導。」

「那倒是真的。」

「他告訴你他到聖飛利跟了毒品上來？」

「沒有像你記得那麼清楚，但是我聽得出他大意如此。他要我昨天晚上在蒙地卡洛餐廳和他見面，說好七點會到，最多等他一小時。」

「所以你等了兩個小時？」

「不到兩個小時，但也差不多了。」

「你會不會想到他可能有危險了？」

「當然想到了。否則我們怎麼會匆匆遷出洛杉磯公寓，不告訴別人我們去哪裡了？我們對付的人可不是開玩笑的。」

「阿國自己有車子？」

「是的。」

「車子有什麼特徵嗎？」

「沒有，只是輛普通黑色的……等一下，有的。左前擋泥板處曾經撞過翹起。早就該修理，但是……他一直太忙，而且也沒有太多錢。」

「嗯，你是怎樣從楓葉汽車旅館遷到這裡來的呢？」

「梅哥用車子送我過來的。」

「你是指顧梅東？」

「是的。」

「他又是怎樣找到你的呢？」

「我不知道。他到窗下叫我名字……我不知道，那已是很晚的時候了。他要我開門，可以和我講話。」

「你開門了？」

「我把門打開，但我非常煩惱。我告訴他我不喜歡有人半夜這樣來騷擾我。我告訴他我沒有什麼需要他來關注的，而且討厭被打擾。

「他叫我把聲音降低，叫我把東西整好，說我有危險，他要帶我到別的旅社去。他最後還是說服了我，我把東西整好，任由他開車帶我到這裡，登記，他預付了三天的房租。」

「三天過去之後，你準備怎麼辦呢？」

「我不知道，我想三天之後整個故事會爆發出來，就再不會有走私的人來威脅我們安全了。」

「你說得像從來沒有爬過山的外行，一開始就想挑戰聖母峰似的，」我說：「你根本不知道你面對的是什麼，你是在和專家交手呀。」

「你認為應該怎麼辦呢？」她問。

「目前第一件該做的事是找到洪國本。他毫無疑問地一定在這裡和聖飛利之間什麼地方。穿上衣服，我和你開車去找。」

她說：「我認為他自己能照顧他自己。他……他有把槍。」

「什麼樣子的槍？」

「一把點三八口徑轉輪。」

「他哪裡來的槍？」

「我給他的。」

「你又是哪裡來的槍？」

「我從梅哥那裡來的。」

「等一下，」我說：「這一點我要弄清楚。顧梅東交給你一把點三八轉輪是嗎？」

「是的。」

「什麼時候？」

「兩天之前，他知道我和阿國共同在處理這件報導的時候。他告訴我這樣下去我會自己找自己太多的危險，他要我有支槍，可以保護自己。」

「所以他把這把槍給了你？」

「是的。」

「是他自己的槍？」

「是他給我的，當然是他的槍。」

「然後你把同一把槍交給了洪國本？」

「是的。」

我拚命的用腦子想，我說：「走，我們開車去聖飛利，我們兩個都要仔細看路上兩邊有些什麼。」

「為什麼？」

「因為，我們可能見到一輛左擋泥板翹起的車子，停在路旁，車裡卻有個屍體。」

「有個屍體？」

「你朋友，洪國本。」

「但是他……他們……他們不會……」

我說：「你們是在和一批職業走私客打交道。他們的買賣是以千萬計的，殺個人不過是生意意外而已。給你五分鐘換衣服，我在這裡等你下來。」

她猶豫了一下，站起來說：「暫時聽你的。」

第十章 跟蹤毒品

從墨西加利要去聖飛利，首先要經過一個區域，兩面都有不少小的墨西哥餐廳，他們供應冰啤酒給口渴的過路客，也供應一點簡單的墨西哥菜。

過了這裡才能爬上貧瘠不毛地區裡開出來的山路。加利福尼亞海灣在左側，沙漠在右側，南望全是地上熱氣蒸發成彎彎扭扭形象的火山性山地。炎熱的沙漠風把沙颳得高高升起，直向山石形成的斜坡吹去。

我決心長途開車，養養精神。我們兩個人已很久都沒有出聲了。南施向我說：「我不要你誤解我。我並不是多交幾個男朋友，可以有選擇。我只是喜歡交際。我喜歡所有的人類。我不會放棄自己的喜愛去做一個主婦，生一大堆聒噪的小孩子。我喜歡目前的工作，我有野心。」

「每個人有自己生活的方式。」我說。

「同時，」她說：「我也希望你瞭解，顧梅東家庭的分裂和我無關。我見到他的時候，他早已和太太分居了。我也不喜歡聽他太太是不是瞭解他的故事，絕不想趁虛而入，做他訴苦的對象……但是我承認給了他一種他見都沒見過的生活方式——放蕩不羈的波希米亞生活方式。和一批純用腦子換飯吃的人交往。我也許要說這是比較不安定的生活，但絕不是因為這些人沒有天份，他們都很用心在寫，但是出版界的政策，使很多能人無法出頭。」

「出版界的政策有什麼錯？」我問。

「統統不對，」她說：「好的雜誌趨向於對外不公開，不採用自由作家的東西。漸漸成了職員作家制度了。

「大的雜誌只對成名大作家有興趣。」

「然則在文學界裡，一個人怎樣能成名呢？」我問。

「全靠出品的玩意兒有人肯登。」

「怎樣能使出品的玩意兒有人肯登呢？」

她笑著說：「全靠成名呀。你不能……唐諾！唐諾，那是阿國的車！」

「哪裡？」

「那邊路旁飯店，就停在露天廚房那裡，看那擋泥板。」

我把車駛離公路，停在那輛又舊又老式的車子邊上。那車子的擋泥板正如南施所形容，車子停在飯店的欄杆邊上。

飯店裡沒有人。我打開一扇通往比較狹窄內間的門。突然南施張開雙臂自我身旁飛竄過去。「阿國！喔，阿國，喔老天，真高興見到你！告訴我，你還好嗎？」

那個坐在桌旁喝啤酒的男人僵直地站起來。

他和南施互相擁抱著，完全不在乎我的存在。

「我弄成功了，」他告訴南施：「但是也不過點到為止。」

「阿國，你眼圈怎麼被打黑了，襯衫上還有血？」

「我肋骨還疼痛得要命，我被人揍了一頓。」他說。

她想起了我。她說：「阿國，我要你見見賴唐諾。唐諾，這是洪國本。」

洪國本懷疑地退後一步，不理會我伸向他的手。「這個賴，是什麼人？」他問。

「一個偵探，」她說：「一個……」

國本開始想轉身逃跑。

「一個私家偵探，」她說：「一個幫我在找你的私家偵探。」

國本轉回身來，用懷疑的眼光看著我。他一隻眼睛腫了起來，四周又黑又紫，雙眼也充滿血絲。

「好吧，」國本說：「有什麼事？」

我說：「這裡發生些什麼事，我差不多都知道。南施告訴我，你應該在七點鐘和她在蒙地卡洛餐廳見面，但是你沒有來。我又知道你跟蹤的那批毒品已經過了邊境，所以我們認為開車向聖飛利方向，一路來找找可能有你的蹤跡。」

「什麼又讓你等那麼久才來呢？」國本埋怨地說。

「還有別的事也都需要處理，」我告訴他：「我看我們到外面去聊聊。你可以給我點情報，我可以把我的給你。你可以把啤酒帶在手上。」

「很好。」國本說，拿起酒杯，另一隻手拿起啤酒瓶。

他是個多疑的人，沒戴帽子，一頭極深濃的頭髮。我概算他一百八十磅，五呎十一吋左右。

這傢伙確曾被修理過，黑眼圈之外他的鼻子顯然被重擊過，襯衣上的血跡就是鼻子裡流出來的。

他已經兩天沒有刮鬍髭，全身的皮膚累得出油來。

我們在飯店外間大房間裡找張桌子坐定。仍舊沒有別的客人。我要了兩瓶冰啤酒。

「你被修理得不輕。」我對他說。

他悔恨地說：「我以為我聰明，但是我的對手比我更聰明。」

「什麼人揍了你？」

「布袋。」

「布袋是什麼人？」

「我不知道他姓什麼，只聽到別人叫他布袋。」

「你又怎麼會碰上布袋的？」

「我在跟蹤一批毒品上路。」

「這個我們都知道。」

「不，你們不知道。」他說：「南施也許把她知道的全告訴你了，但她不知道其中詳情。那——」

「她現在知道了。」我說：「一輛福特小貨車經常來回聖飛利，拖個拖車，拖車上一個船宅架在兩艘平底船上。平底船後面有塊活板，焊得很好，但打開來時，平底船裡全是曬乾的大麻葉。」

「你怎麼會全知道的？」國本問。

「警方都已經知道了。」我說。

「那怎麼行，我的報導會一文不值了。」

「恐怕只好如此了，」我告訴他：「但是另外有一個角度，可以使你的報導大家搶著要；假如你的報導夠戲劇化。」

「報導很戲劇化是沒有問題的。」他說。

「說說看。」

他說：「南施首先聽來的消息，她告訴我是哪些人在幹這種事。我想要一點第一手資料，我不能只憑道聽塗說，我要知道這玩意兒怎麼過來的。

「無論如何，毒品過來之後的事我已經有了相當多的資料，所以南施半夜來找我，告訴我必須快快躲起來的時候，我正在猛敲打字機，把知道的打成報導的前半段。」

「為什麼要躲起來？」

「洗髮小姐告訴南施，她從側面聽到的消息，南施有危險了。假如南施有危險，我當然也會有危險。我跟蹤他們的時候，他們也跟蹤過我。」

「於是你怎麼處理呢？」

「我當然不喜歡讓毒販子來對付我，他們都是亡命之徒。我立即決定搬走，使別人找不到我。我也揭發他們所作所為，等他們全進了監牢，我才自己再出來露面。」

「所以我把東西都收起來，請個朋友幫忙搬出公寓，把東西存在朋友家。我自己開車來墨西加利，因為我知道走私是在這裡過境的。」

「說下去。」我說。

「我知道什麼人負責運貨，我知道他們是從墨西哥運進墨西加利，但我要得到第一手觀察證據，我不知道他們的每一細節。

「我選中了他們叫他愛迪的人。愛迪是不是另外有名字，或姓什麼，我不知道。他開一輛福特小貨車，拖車上的船宅等等反正你都知道。

「我知道他們預定過境時間是昨晚七點鐘。這我知道很清楚，因為我聽到愛迪說，另外有車在加利西哥接應他。」

「另外有車？」

「另外有輛車，」他說：「車裡有車用無線電。這是他們的巧計，東西經過邊界到了加利西哥之後，他們用一輛探路車在前領路。探路車是乾乾淨淨的。查死了也查不到分毫毒品。

「探路車在前行，距離很遠。假如有臨檢，或路障，前車用無線電通知後車。後車可決定繞道、暫停或迴轉。

「賴，我告訴你是因為信任你。這是我拚命換來的機密資料，我要自己報導的。你應該知道這裡面有不少錢在。這不是一次帶一、兩磅的小生意，這是大走私。成千上萬元的交易。」

「說下去。」我說。

「我知道有車用無線電的車子，就在邊境的北方等候，但是我不知道，走私車的後面，另外跟有一輛保鏢車。我自己也太不小心，太笨了。」

「發生什麼了？」

「我從聖飛利開始跟蹤福特小貨車，和它拖的船宅。快到這裡，後面的保鑣車才逼我停車。」

「怎麼樣呢？」

「那個人要知道我是誰，我為什麼跟住小貨車，和我以為我是誰。他有虐待狂，我還沒弄清楚就挨了揍。」

「你怎麼辦？」

「我打還他，不過我錯了。這傢伙一定是退休的拳師，所以大家叫他布袋。我聽到那愛迪叫他布袋好幾次。」

「之後怎麼辦？」

「我被猛揍了一頓，」他說：「我有一支槍在身上，我決定不再無故地挨揍了，我跳向後面拿出我的槍。這是我第二個錯誤。一支鋸短了的獵槍指著我，那個小貨車駕駛不知什麼時候也轉了回來。」

「之後呢？」

「之後，」國本說：「他們把我的槍拿走了，把我放回我的車去，由布袋代我駕駛。他們把車駛離大路，到一個他們知道的地方，然後把我捆綁起來，嘴裡還塞了東西。他們說下次再要看到我就不止揍一頓。事實上小貨車駕駛本來要殺掉我的。但是布袋一再告訴他墨西哥方面的老闆不贊成謀殺，非不得已不要殺人。」

「結果呢？」我說。

「結果我就這樣被捆綁著在這三流車裡過了一夜，」洪國本說：「直到今天早上八點鐘，有一個人開車經過農場外面的路，見到我的車停在那裡，停車看看，看到我像個粽子，綑得結結實實，塞在車子後座。他救我出來的時候，我被打得全身痠痛，而且因為太久不動，血液都快停止循環了，我站也站不起來。」

「說下去。」我說。

「是他給我解開的繩子，他也怕死了。」

「繩子是解掉的？」

「是的。」

「再說下去。」

「他把繩子解開，把我口裡的東西拿掉，幫我坐進他的車，把我帶到農場裡的房子，叫他太太給我一壺熱咖啡，他們給我吃墨西哥東西，紅辣椒煮肉，黍餅，白的乳酪和魚。他們真是非常好的人。」

「離這裡多遠？」我問。

「喔，十哩，十五哩不到。我不太清楚。向下一條側路，指向海灣方向。」

「你能再找到那地方嗎？」我問。

「我想我能。是的，可以的。」

「你最好還能找得到。」我說。

「為什麼？再說，你憑什麼這樣一件一件盤問我？」

「我問你，」我說：「因為你說過的要一件件去找證明。」

「為什麼？」

「布袋把你的槍拿走了？」

「是的。」

「你的槍是哪裡來的？」

他猶豫著看向南施。

南施點點頭，他說：「南施給我的。」

「南施哪裡來的槍？」我問。

他搖搖頭說：「她沒告訴我。她說本來她是準備保護自己的，但她認為我比她更需要保護。」

我說：「告訴你吧，愛迪姓舒。他和另外一個人，可能就是你說的布袋，昨晚十點鐘帶足了大麻葉經過邊界。因為昨天下雨了，所以他們遲到了兩個小時——布袋對付你可能也花了不少時間。

「反正，舒愛迪把車開到路邊，等著探路車在前面把情況報告回來。愛迪和布袋顯然為了什麼吵了起來。可能是分贓問題，也可能是為當時沒有殺了你以絕後患——」

「等一下，等一下。」國本說：「我打賭後來他們派了一輛車回來要幹掉我。」

「你怎麼會知道？」

「我被綁著躺在車裡，度日如年的時候，另外一輛車從路上下來，一路在找什麼東西。它上下兩、三次之多。」

「你不是很靠路邊嗎？」

「我是很靠路邊，白天沒問題一定見得到。但是人從黑暗過來，想用車燈找到路邊的黑車子，是不太容易……我打賭那車是幹什麼來的。他們來做掉我的。可能把我帶走，裝上一艘船，腳上綁了鉛塊，沉到海底去。那時已經下雨了，否則那傢伙會找到我的。

「我那個時候昏了頭了，嘴巴弄出聲音來，還拚命想引起那駕駛注意。現在想起來真是捏一把冷汗。」

「是的，」我說：「真是危險。」

「之後發生什麼事了？」他問：「你說愛迪和布袋吵了起來。」

「愛迪和布袋反正吵了起來。」我說：「吵的還不輕，結果愛迪被殺死了。」

「被殺死了？」國本問。

「被殺死了。」我說。

「怎樣死的？」國本問。

「點三八手槍，一槍畢命，」我說：「非常有可能殺死愛迪的兇槍就是愛迪從你手上搶去的，而這把槍你是從南施那裡來的。而南施則另外有人給她，要她保護自己的。」

國本眼光從我臉上轉向南施，轉向我，又再轉向南施。「是梅哥給你的？」他問南施。

她點點頭。

國本立即決定地說：「不要告訴任何人你從哪裡來的槍，讓顧梅東自己去解釋。他有很多錢，很多關係，他可以請當地最好的律師。不要讓別人拖你進去，讓顧梅東自謀生路好了。」

第十一章 墨西哥朋友

我把飯店的啤酒帳付掉，對國本說：「一起走，你要帶我去昨天你過夜的地方。那些綑住你的繩子哪裡去了？」

「還在我車子後面。」

「救你的人叫什麼名字？」

「姓卡派拉，叫荷西。」他說。

「會講英語？」

「喔，是的。」

我走到他的車旁去看繩子，是釣大魚的雙股線。這種線打上一個結，是會很緊很緊的。

我把繩子拿起來，看看兩端。

「你在看什麼？」國本問。

我說：「可惜你的墨西哥朋友對警察方法懂得不多。」

「你什麼意思呢？」

「一個警察絕不會去解開別人打的結，」我說：「他們把繩子割斷，讓結的部分留著。」

「為什麼？」

「有時候憑一個人繫的一個結，可以告訴我們很多事。」

「喔，你說的是水手啦、童子軍啦什麼的。」

「水手，捆工，或是外行等等。走吧，你用你的車，我們在後面跟你。有多遠呀？」

「我想十哩左右。能不能讓我跟你走，我可以休息一下。我實在被弄慘了。南施可以開我車。我肋骨也在痛，全身肌肉在痛。」

「我知道，」我告訴他：「我很同情你，我也被人修理過。」

他慢慢地爬進我車子後座。「老天，」他說：「我倒真希望有點熱水，剃個鬍鬚，洗個澡。」

「過不了多久我就會給你，」我說：「現在開始由我做主人，我會讓你住進墨西加利的露西娜大旅社。你可以在熱水裡泡個夠，再上床睡覺。睡起來可以在游泳池裡浮著，使肌肉鬆弛下來。」

「聽聽也舒服，」他說：「我只想浮在溫暖的游泳池裡，不要自己負擔自己的體重就好了。」

「這沒問題。」我告訴他。

我們開車到拉波塔，公路往東側轉向海灣。

「就是這裡下去。」他說。

我們又向下開了一段距離，國本說：「這是他們把我的車留下的地方。」

我下車四周看看。

我看到一道離開公路的車跡，他指的地方離路肩一百碼，曾有車停的地方有腳印，很多腳印。

我們回到車上又向前開……

「就在那裡，」國本說：「那邊那泥磚房就是。」

他指的是一幢完全不起眼的泥磚房，門前停著一輛該拋棄了的小貨車。

我把車停妥，走下車來，過去敲門，南施跟過來把車也停妥。

國本自車中自然地出來，叫道：「荷西，瑪莉亞，是我，我回來了。」

門打開。

一個墨西哥男人，五十歲左右，留了短而粗的黑仁丹鬍子，穿了一個披肩，裡面的襯衣是在頸子上開口的，站在門口，滿臉的歡迎笑容。

在他身後，靠在他肩上，我看到那男人的太太和善的一對大眼睛。

「阿米哥，阿米哥，」（註：西班牙語「朋友」）他說：「請進，請進。」

洪國本蹣跚地走過來替我們介紹：「荷西和瑪莉亞．卡派拉，」他說：「他們是我的朋友。」又轉向我們說：「這是我朋友，南施小姐和……你說你叫什麼名字來著？」

「賴。」我告訴他。

墨西哥人說：「請大家進來。」

我們走進去，是一個設計時就決心要把太毒的太陽拒之於外的房子。

這是一個充滿烹調香味的房子，有一個壁爐，用磚砌起來的，所以在磚上可以架一只大鐵鍋，鍋下是小小一堆柴火，現在不是生壁爐的氣候，但是他們是用壁爐來做慢燉的工作的。

壁爐左邊是個燒煤油的爐灶。灶上有只鐵的咖啡壺，和一只有蓋的大肚鍋子，文火在燉另一樣墨西哥食品。鍋蓋一下一下因為鍋裡壓力大而被掀起，濃濃的肉和調味品香味就是從這裡散發出來的。

洪國本說：「我的朋友想知道你找到我的情況。你能說一遍嗎？」

卡派拉說：「請坐，請坐。」隨即發現他家椅子不夠所有人坐下來。

他訕訕地說：「你們都請坐，我講話的時候喜歡站著說。」

我們大家坐下。

他太太，瑪麗亞，一個大骨架的墨西哥女人，友善地微笑著，自顧自地在爐子前忙著。

「大家要不要來點咖啡？」卡派拉說。

「我們時間不多，」我說：「我們在爭取時間。假如你能立即告訴我們你怎麼找到那輛車，對我們會是幫了大忙。」

「這是不道德的事，」卡派拉說：「土匪把他傷了，捆起來丟在那裡。」

「你怎麼找到他的？」

「我出去買點吃的東西，」他說：「我們不常去店裡買東西。我們要去就開小貨車，一次買很多。

「是我在開車。我看到這車在路外。起先我沒注意，我已經開過去了。

「之後我想到為什麼車子會開到這裡來拋棄。假如是引擎出毛病，應該在路旁；假如是故意開過去的，又是什麼目的？

「我還是向前開。

「但是我想了又想，愈想愈不對。我就停車，我開回來。我向車裡看。我看到發亮的東西，那是紮住你朋友嘴巴的布條。

「我不知道是怎麼回事。我試車門，車門沒有鎖，我把車門打開，你的朋友在裡面。他被釣魚線綑住了，結打得又緊又死。」

「是你把他解開的？」

「我把他解開的。」

「有沒有割斷繩子？」

「沒有，繩子綑太緊了，用刀子會傷到他肉的。」

「解開這些結，有困難嗎？」

「不太困難，我的手指很有力的，西牛。我自己也做過漁夫。我玩過各種繩子，我懂得繩結。」

「是你把他嘴裡的布塊拿掉的？」

「喔，當然，」他說：「是我把他嘴外布條、嘴裡布塊拿掉的。開始時他說話還十分困難。」

「他說什麼？」

「說他被搶了。」

「之後呢？」

「那朋友很痛苦，我邀請他到家裡來。」

「他有沒有開他的車？」

「沒有，他跟我來的。他沒有辦法自己開車。他的肋骨在痛，鼻子在流血，還有黑眼圈。他挨慘了。」

「之後呢？」我問。

「所以，我們回家來，瑪莉亞給他吃熱的東西，紅椒肉羹、黍餅、起士……他吃得很多。這個人被修理了，但也餓慘了。」

「之後呢？」

「所以，我們叫他睡下來。他睡在床上睡著了。後來，他起來，要走，我把他送到他車子去。」

「是多久前？」

荷西聳聳肩。他說：「我沒有錶——也許一小時前，兩小時前。」

「就這樣了？」

「就這樣了。」

我向國本點點頭。「好吧，」我說：「我們一起去墨西加利。我會把你放在一個好的旅社裡。我會代你買件襯衫和……你的刮鬍刀在哪裡？」

「車後我的手袋裡。老天，他們不會拿走吧？」

「我們來看一下。」

他拿出汽車鑰匙把行李箱打開。一只大得鼓出來的手袋在裡面，另外還有一只箱子。

「一切還好嗎？」我問。

「顯然沒問題，」他鬆口氣地說：「你不必替我買襯衫。袋裡有乾淨衣服，謝天謝地！」

「那好，」我說：「我們走吧。」

「但是還有錢的問題，」洪國本說：「我是個窮作家……這個故事我已經投資下去太多了，我……」

「不必計較，」我告訴他：「現在開始一切由我做主人。」

他輕鬆下來的表情配上黑眼圈，看起來很可笑。

瑪莉亞繼續在她灶前忙著，回頭笑笑，說聲「阿地渥斯」。（西班牙語：「再見！」）

我拿出一張十元鈔票交給她。

「謝謝你照顧了我的朋友。」我說。

他們不想拿這鈔票，但是顯然鈔票對他們太重要，最後瑪莉亞在千謝萬謝中收下了。

荷西．卡派拉送我們出門，和我們三個人一一握手。「乏亞康地渥斯。」他說。

（註：西班牙語「一路平安」）

第十二章 穩操勝算的神秘證人

我們在最近可以用水的加油站停車。我替我的車加油，洪國本洗臉，把襯衫上最明顯的血跡洗乾淨。

南施按了兩下喇叭，經過我們，表示她要先回旅社。

洪國本一路都在思量。

我們停車的時候，他突然說：「你是替顧梅東工作的？」

「我是替他工作的。」

「我可不替他工作，」國本說：「老實說，我不喜歡他。」

「我替他工作的。」我重複地說。

「我不會把自己頭伸出來，幫他脫罪的，」他說：「他有錢可以請律師，請……」

「他已經請了律師。我要你和那律師談談。」

「我不知道我自己想不想和他說話。」

「那倒隨你，」我說：「只是不要忘了一件事。」

「什麼事？」

「我是替顧梅東工作的。」

「與我無關，」他說：「你愛替誰工作就替誰工作。」

我們進入旅社，我把國本帶到櫃檯。

職員看看國本，微笑著搖搖頭，雙手手背向下，向前一伸：「非常抱歉，西牛，我們沒有空房了。客滿了……」

「他是我朋友，」我解釋道：「他遭到車禍了。」

職員把微笑拉大一點：「喔，當然，我們要招呼他。」

他把筆和登記卡推到國本前面，國本登記。我注意到他用的地址是皮靈街八一七號。

我一直看到他進入自己的房間，僕役把手袋、箱子都拿了上來，才說道：「那些綑過你的繩子，你不要了吧？」

「我看都不想看它們。」他說。

「我替你拋掉好了。」我說。

我把繩子拿了，放在公司車的後車箱裡，過境回加利西哥，打電話給鈕安頓律師辦公室，問他秘書，鈕律師在不在。

「他剛準備下班。」她說。

「我是賴唐諾，」我說：「叫他等著，我馬上來。我有消息要告訴他。」

「什麼消息？」

「也許是好消息。」

我可以聽到話機外低低討論的聲音，然後那秘書說：「他會等你。請儘快來。」

「不會太久，」我說：「我是在邊境這一邊。」

我開車到厄爾申特羅，幸運地就在他辦公大樓下找到停車位置，我上樓去鈕律師的辦公室。

秘書立即把我帶進鈕律師的私人辦公室。鈕律師坐在辦公桌後等我。

薄薄的嘴唇拉開來做個微笑的樣子，但缺乏真情。

「我希望你帶來的是好消息，」他說：「最好有你說得那麼重要。」

「是如此。」

「是什麼呢？」

「把你筆記本拿出來，」我說：「這要記下來才行。」

「我有個錄音機，可以把你說的錄下來。」

「我還是喜歡我講，由你記下來。」

「為什麼？」

「理由眾多。」

「好吧，」他說：「你說是好消息，有關什麼的？」

「有關那支殺人兇槍。」

「嘖！嘖！你並不知道哪一支槍是殺死那一個人的槍。」

「但是警方已經找到它了——一支顧梅東名下的點三八口徑轉輪。」

「你怎麼知道這是兇槍呢？」

「十分之九，我打賭。」

「我從不用當事人來打賭的。警察還沒有做彈道測試。而……我相信他們查過出售登記。這支槍很久以前賣給一個姓顧的，但這不表示一定是某人。」

我說：「我能解釋這支槍。」

「使它和顧梅東無關？」

「使它和顧梅東無關。」

他臉色開朗起來，這一次有了點人情味。「好呀，好呀，」他說：「你倒說說看，告訴我。」

我說：「顧梅東把槍交給了一個女人。」

他搖搖頭說：「這不行，賴。這案子裡不能有女人出現。任何女人都不能牽進來，你知道嗎？」

「我知道，由你作主什麼可以牽進來，什麼不可以。我只供應你消息，你來分析用與不用。」

他強調地點點頭。「你真聰明，賴。」他說：「真聰明。再告訴我有關槍的事。」

「那個女人，」我說：「又把槍交給了一個叫洪國本的傢伙。他是個作家。他想寫篇有關毒品走私的報導——」

「是的，是的，」鈕律師中斷我的話說：「我和我當事人談過了。我對阿國的事都知道了。」

我說：「不見得。」

「還有什麼我不知道的？」

「很多，否則我也不會過來。」

「說吧。」

「阿國是因為需要自衛，」我說：「所以那女人把槍給他的。他南下到聖飛利，去和這批走私犯玩遊戲。我不知道什麼時候這群人發現他的，多半是從聖飛利一上路，就被發現了。

「他們讓他跟蹤到拉波塔附近，然後在他後面的車追了上來。」

「在他後面的車？」

「有兩輛車，」我說：「毒品在前面一輛，福特的小貨車。他們有無線電，在墨西哥一側時，保鑣車在後面，看有沒有人跟蹤，兩個駕駛可用無線電通話。」

「為什麼在後面？」鈕律師問。

「是暴力支援車。」我說。

「原來如此。」

「到了拉波塔附近，他們用無線電決定準備對付他。」

「發生什麼了？」

「暴力車接近過來，他們把阿國修理得很慘。他做了件錯事，他把手槍拿了出來。他沒有被殺掉已經是很幸運的了。主要還是墨西哥販毒的頭子不贊成謀殺。毒品走私在墨西哥是家常便飯，但是一個美國人屍體在那裡出現，墨西哥當局不會高興的。

「墨西哥方面的走私者只希望不受注目，平淡地做生意。」

「說下去。」

「前面的毒品車也停了下來，開車的也來對付洪國本。

「阿國挨揍後，他們把他綑起來，塞在他自己車子裡。」

「那槍呢？」鈕律師問。

「他們取走了他的槍。問題是，這不是他的槍，這是顧梅東的槍。顧梅東交給一個女人，女人又交給阿國的槍。

「這就是我今天的消息，選用不選用隨你。」

「那洪國本現在在哪裡？」律師問。

「由我貯藏備用了。」

「你找到他時，他還被綑綁著的？」

「我找到他前，他被別人發現，鬆綁很久了。一個墨西哥農人發現他，給他鬆綁的。」

「什麼樣子的繩子綁的？」

「釣魚繩，重磅釣魚繩。」

鈕律師思索地說：「這次走私行動，對方至少有三個人。」

「不一定，」我說：「舒愛迪可能開毒品車，一個叫布袋的可能開暴力車。他們把暴力車留在邊界的南面，布袋可能乘毒品車和愛迪一起過境。布袋也可能是我見到坐在愛迪邊上的那個人。」

「當然，還有一個人開美國這邊的探路車。」鈕律師說。

我搖搖頭。「布袋也可能是開探路車的人。暴力車已留在邊界之南了。他們一起過境，美國這裡有第三輛備用車，布袋可以開這輛車做探路車。這次布袋見到前面有路障，用無線電叫愛迪最好停下來休息一下。」

「昨晚在勃勞來附近是設了個路障，公路巡邏隊從下午八點到午夜十二點在那裡逐車檢查。」鈕律師說。

「這解釋了為什麼舒愛迪會停車在加利西哥等候。」我告訴他：「他在等前路通暢。布袋發現了路障，用無線電告訴愛迪，然後自己開來和愛迪會合。兩個人吵了起來，愛迪被槍殺了。」

「聽起來不錯，」鈕律師加了一句：「你說起來蠻中聽的。但是，還有一些事實，十分嚴重的。」

「說說看。像什麼？」

「像，你是發現致命兇器的人。你說是有人抛在田裡的。沒有人見到有人把它抛到田裡去，很可能是你帶過去丟下來的。你很可能本來想先溜走，讓別人來發現它。但是一個眼睛很尖的十歲小孩跟你後面，破壞了你的好事。

「你是一個私家偵探，你很聰明。你在跟蹤一筆以萬元計算的毒品走私案，也牽涉到一個販毒集團，他們錢更多。很可能你自己也想趁機撈一筆，舒愛迪不會歡迎的。

「我不認為你會冷血地去殺愛迪，這沒意義。但槍在你手上，很可能你就對他用了一次。」

「槍又怎麼會在我手上的呢？」我問。

鈕律師說：「這件事是我當事人一再關照，絕對不可以牽出來的，不論情況如何緊急。這等於是你手中的愛司，有人要對你懷疑，你就用這一招脫身。」

「而且我有一個好律師在保護我。」

「你當然有一個好律師在保護你。」他笑著說。

「你和你當事人談過了？」我問。

「我和我當事人有一次詳細、涵蓋了一切的談話。我想我對這案子比你知道得更清楚。當然，除非是你殺的人。

「目前，我的戰術是盡快舉行一次預審。我不準備召喚任何證人，也不設辯白，我要一切快快通過。我要他們把我當事人送到上級法院去審。一旦到了上級的法院我們把這案子整個翻過來。

「不過，我會以傳票召喚你做一個預審的證人。因為我要把你的證詞記下來，以免你以後換口供。我也可能向起訴的一方告密，叫他們傳你做他們的證人。」

他向我笑笑，打開抽屜，抽出一張傳票，一本正經交給我。「預審明天早上十點開始，」他說：「這是請你準時出席的傳票。」

「洪國本如何？」我問：「你要他也出席嗎？」

鈕律師說：「洪國本明著和我沒關係。在上級法院審問的時候，我用得到他。你看過厄爾申特羅報紙嗎？」

「沒有，為什麼？」

他走向一張小桌，拿起一份報紙交給我。頭條新聞大大的印著。

洛杉磯百萬富翁因謀殺案入獄。

下面較小的字印著：

「鈕安頓律師教導當事人絕不開口。」

我看新聞內容。內容並不太多，但他們把已知道的事變出了很多的文字。洛杉磯警察總局一位警官，為追蹤一個毒品走私集團，已飛到加利西哥和當地警方會合。毒品是裝在一隻平底船架裡經邊界用拖車運進美國的。舒愛迪，可能就是那個走私者，相信是他開個小貨車，拖輛拖車，拖車上裝著兩隻平底船架架起的船屋。平底船架裡裝滿了乾的大麻葉。舒愛迪的屍體被發現在船屋裡，他是被點三八口徑子彈射死的。

警方後來找到了兇手以為已經安全地拋棄了的兇槍。那支點三八兇槍是拋在離現場甚遠的一片金花菜田裡的。

我在讀新聞的時候，鈕律師全神地在看我表情，兩眼不停地在眨著。

突然他問我：「那個洪國本，他真承認出事那晚槍是在他手中，由他們搶去的？」

「是的，沒有錯。」

「真有另外一個叫布袋的男人，也在這件事情裡？」

「是的。」

「你真在過境的地方，見到小貨車裡有兩個人？」

「千真萬確。」

鈕律師的臉又微笑開了。「這件案子，」他說：「我也許可以表演一下，爭取點喝采。我也許需要那傢伙——洪國本——明天去法院，也許輪到我來說些話了，你能把他弄去法院嗎？」

「給我一張傳票，我就盡我力量辦。」

「正確的名字怎樣寫？」他問。

我告訴他正確寫法。

鈕律師說：「你在墨西哥國境內給他傳票是沒有用的。」

我向他笑笑說：「你以為洪國本會知道這一點嗎？」

鈕律師也笑了。「除非有人告訴他，否則他不可能知道的。」他說。

「那好，」我告訴他：「把傳票給我。你要他明天去法院，他就會去。不要在意他外表這兩天不太好看。他……」

「更妙了，更妙了！」鈕律師說：「我們當然要他在那裡。我們要他的尊容上報——一個能使我在上級法庭穩操勝算的神秘證人。我們要確定報紙有這故事——照片——黑眼圈——太妙了。」

「假如要我帶洪國本去法庭，」我說：「我也有個條件。」

「什麼？」

「現在，給我個機會去見顧梅東。」

他搖他的頭。「太晚了，接見時間是……」

我指向電話。「相信你有辦法。」

「可能有困難。」

我說：「顧梅東付你錢，目的是解決困難。」

他拿起電話，接通郡行政司法長官，用很輕的聲音講著，過了一會，掛上電話，轉向我點點頭。

「都弄好了。」他說：「你必須立即去才好。」

第十三章　快手快腳的女人

看守所給顧梅東最好的一間房間。我不知道是錢能通神，還是鈕律師特別安排的，但是以坐牢言，這間房間是不錯的。

他很高興見到我。

「我給你找的律師滿意嗎？」我問。

「我看滿不錯的。」他說。

「他在安排預審早早舉行，」我說：「據我知道是明天早上十點鐘。」

顧梅東點點頭說：「但是預審並不重要，我們只是依法律程序做而已，不準備提什麼證據。鈕律師說這樣做好一點。」

我問：「你有和什麼人說過案情嗎？」

「只有鈕律師。」

我說：「好極了。不要和任何人談案情，叫他們去問鈕律師。」

「我律師也這樣教我。」

「我有一些事要告訴你，坐過來一點。」我說。

「為什麼要那麼近？」他問。

「這樣你會聽清楚一點。」我說。

我坐在抽水馬桶的這一側，叫顧梅東坐在另一側。

我一面抽水沖馬桶，一面把嘴巴湊在他耳朵上開始講話。

抽水馬桶水沖完，沒有聲音了，我就停止說話，等幾秒鐘，又沖又講話。

「這是為什麼？」顧梅東問。

我說：「因為這地方是裝了竊聽器的，我又不想別人知道我們在說什麼。你為什麼不肯告訴我，你知道南施在哪裡？」

「我不要任何人知道。」

「你真是又笨又傻，」我說：「今後你不可以不把實情告訴我，就像你一定要把實情告訴你律師一樣。」

「我連你知道的，都還沒告訴我的律師呢。」顧梅東說。

「南施的事，不說也可以，我會替你照顧，千萬注意不要提起她名字。他們會問你槍的事，你就……」

一個男人在有鐵條的門口出現。「這裡老沖水，搞什麼鬼？」他問。

我向他笑笑說：「你怎麼知道這裡老在沖水？」

他看到我和顧梅東坐在抽水馬桶的兩對側，搖搖頭，說道：「好了，聰明人，走了。你的時間到了。」

「那麼快？」我說。

「就這樣。」他同意地說。

「為什麼特別要縮短呢？」

「因為，」他說：「我們在節省用水。我們這裡是沙漠，不要忘了。我帶你出去。」

我和顧梅東握手。「記住我告訴你的。」我說。

我隨了他離開，他是這裡副警長。

副警長給我辦好訪客離開的手續，看我一下說：「宓警官向我們提起過你。」

「真的呀，」我問：「要不要我向宓警官提一提你？」

他向我露露牙齒。「那倒不必。」他說。

走出監獄，我買了一份厄爾申特羅的晚報，坐在公司車裡看報上說的顧梅東。顯然他在洛杉磯是個大人物。

另外一則新聞引起我的注意。

新聞標題這樣列著。

公路臨檢發揮效力

四十二車不合規定

捕獲脫逃嫌犯一名

內容說到昨晚公路巡邏隊在勃勞來附近設路障臨檢，有四十二輛車有燈的缺點被糾正。又說到：利普代，一位退出拳壇的過氣拳師，也被公路巡邏隊當場捉住。昨晚十點四十五分，一位機敏的警官發現利普代停車在路障的一側，用車用無線電在和不知名人士通話，經盤查發現利普代是在洛杉磯因走私毒品判刑，假釋期中脫逃的通緝犯。目前利普代已交警方處理。

我把這報導撕下，摺起來，放進皮夾裡。這個人可能就是阿國說的「布袋」。我猶豫是不是該立即讓鈕律師知道，最後決定明天開庭後再說。

我開車回露西娜旅社。發現洪國本服裝整齊，和南施一起坐在游泳池旁聊天，只有南施穿泳裝。

「怎麼回事，」我問：「不想游泳？」

他搖搖頭：「想想身上就痛得要命，不要說真運動了。」

「其實游泳是最好的治療方式，在水中所有肌肉都可以放鬆。減低皮肉外傷引起的疼痛，再也沒有比躺臥在游泳池裡更好的了。」

「我想你是對的，」他說：「但是，即使穿衣、脫衣對我還是一件負擔。我洗了一個熱水浴，差點昏了過去。我想我要再等兩天才開始下水。」

我說：「我有一份小小的公文要給你。」

「是什麼？」

我把開庭傳票交給他。

「老天，這是明天早上十點呀！」他說。

「是的。」

「要去厄爾中特羅？」

「也是的。」

「假如一定要去，就一定去。」

我說：「我也有一份和這個一樣的。」

「我呢？」南施說。

我搖著頭道：「目前情況下你沒有什麼可以出力的。」

我不等別人說話，又特地眼看著洪國本，但是對南施說道：「我也知道，會提起你的名字，把你拖進去的……現在看起來不早了，我請兩位喝點酒去。」

洪國本輕鬆地自椅中站起來。

「我要沖個涼，換件衣服，」南施說：「幾分鐘就好了。」

「你可以到雞尾酒廊來找我們。」我說。

國本開始蹣跚、困難地走向雞尾酒廊。我說：「喔，等一下，我忘了一件事情。」

我走回來，南施正準備自座椅中站起來。

「把你東西都整理起來，」我告訴她：「你一定要離開這裡。」

「為什麼？」

「使你的名字不上報。」

「但是我怎麼走法？」

「我帶你走。」

「去哪裡呢？」

「去一個誰也想不到來找你的地方。你先別吭氣，到酒廊來和我們喝杯酒，找個藉口回房去。我會來按鈴。」

我又回到國本身旁，兩個人進了雞尾酒廊，要了墨西哥很出名的瑪格麗特雞尾酒，酒杯的杯口上灑了霧狀的食鹽，裡面是有香料的烈酒，冰得涼涼的，十分夠味。

南施進來，我們又一起再要了一杯。

洪國本還不肯離開，有再來一杯的意思。我說我還有事，站起來先走了。

南施趁機說她飯前從來不喝兩杯以上的酒。我們兩個就讓國本一個人坐在那裡，離開了他。

一切進行十分順利，南施已經把所有東西裝進一只箱子和一只手提袋。她真是個快手快腳的女人。

我付小帳請僕役把行李拿下去。我們上路的時候，國本還在雞尾酒廊裡坐著。

南施問：「我們去哪裡？」

我說：「你要去一個原始的地方。」

「哪裡？」

「有沒有聽到通聖塔克拉拉的厄爾高爾福？」我問。

她搖搖頭。

我說：「這是海灣在蘇諾拉那一側的一個地方。乾淨，沒有污染，古怪有趣，有獨特的風格。那邊的汽車旅館住起來十分舒服。餐廳很多，喜歡海鮮的可大飽口福。那邊的蝦最有名，每隻都像小的龍蝦一樣大。

「只有一件事你要習慣一下。」

「是什麼？」她問。

「蓮蓬頭裡出來的淋浴水，」我說：「永遠是他們稱為室溫的。」

「室溫是多少呢？」

「早上淋浴準叫你吃不消的冷。」

「我要在那裡待多久呢？」

「直到我來找你。」

「能用電話嗎？」

我搖搖頭。「我告訴你，」我說：「我帶你去一個隔絕的世界。沒有記者會到那裡找你的。沒有任何人會找你找到那裡去的。連宓善樓警官也不會——他很可能會想到找你的。」

我們前面有長長的路要開車。我心裡在想，有人能找到她在聖塔克拉拉的厄爾高爾福，我就服了。他一定會發財，他可以到大海去撈針了。

第十四章　人生是一種掙扎

即使是選擇經由菩堤西妥及麗多的捷徑，從墨西加利到厄爾高爾福仍是很遠的距離。但至少有一件事是可以確定的，沒有人會到厄爾高爾福來找一個失蹤的證人的。

經過麗多之後，這條筆直的路在不毛的沙漠中有如一條完全拋棄沒人理會的絲帶，一直可以開到一處所在，道路開始下降，從高地直降到海灣近處科羅拉多河沖積出來的新生地。

再走幾哩路就到了聖塔克拉拉的厄爾高爾福了。一個小的漁村，漂亮、獨特。這裡老百姓夜以繼日，整天在海上。有一艘老舊的水陸兩用車「水鴨子」，穿梭在船與船及陸地之間，分送淡水、食物，及帶回魚穫和人員。

所有魚穫，以當地海鮮餐廳優先使用，多出來的才冷藏起來，分批外運。

這裡也是整個加利福尼亞州蛤、蚌類的供應地。長長、平坦的海岸，都有定時的潮汐，帶來無數的海裡生物。捕蚌人在晚上，用有照明的船，駕著在船外的操舟馬達，開到泥灘上去，只等定時的潮水退下，立即可以撿拾蛤、蚌；下一次漲潮時，正好把裝滿蛤、蚌的船浮起。在當地雖然只是維生尚可，但運到加州大餐廳可值不得了的錢。

除了捉魚、蛤之外，厄爾高爾福的日光和安寧，也是到過這裡的旅客不易忘懷的。這一帶的汽車旅館，都是利用淋浴過的水來清理浴室的。一次淋浴，整個浴室的地都是濕的，淋浴的水也永遠是「室溫」的。

南施是很天真的，我知道她可以把一切拋掉，先讓自己快樂一下。

一路南下，我有機會可以和她彼此熟悉一下。

「你一定覺得我有一點賤？」她說。

「為什麼？」

「我為洪國本做了那麼多事，我又和顧梅東要好，我又有其他男朋友。」

我看得出她很有想說話的意思，我就全力注意開車。

她說：「局外人對我們作家這種生活方式不容易領悟。」

我還是保持靜默。

她說：「我們有自己一種同病相憐的世界。所有人都有親切的友誼，對於不同的性別也沒有一般人那麼敏感。有點像一個組織，只有一種性別，但裡面的人都彼此相愛。我們有很多共同的事要想、要做。

「這個世界裡，人生是一種掙扎。我們自給自足，自食其力，很吃力，但也有很多興趣。

「我們最注意的是每天郵差送來的信封。當然大部分是退稿，偶爾是張支票。

「多半有希望的是小的刊物、宗教性雜誌、廉價刊物，能賣出去的也只有補白、小品、短文。能賣出個短篇小說已算是大作家了。

「大多數的人只是爭著比房東要房租的手快一步而已。有人連著賣出兩、三篇短的小說，圈子裡會大家慶幸。但是經驗告訴我們，房租只要拖了一期付不出來，就是永遠追不上的東西。

「皮靈街的事，我是和你說不清楚的。有點像——從我聽來的紐約格林威治村當時的情況。」

「顧梅東，也配進這種地方嗎？」我問。

「他是絕對和這種地方配不到一起去的，」她說：「這就是我擔心他的。梅哥希望我們接受他做個朋友，甚而自己起了梅哥這個稱呼，但是任誰一看都知道他不屬於這一帶的。我要是和他結婚，也會被排出這個我喜愛的環境的。要是住到豪華的住宅，或是用遊艇出遊，我反會不習慣。朋友要是來拜訪，我不會做主人，我的老朋友也不會舒服。

「目前顧梅東用盡心機想變成我們中的一員，但是無論他如何表演，天生他不屬於這地區。」

「你說他是個偽君子？」我問。

「不，不，不，千萬別誤解我的意思，」她說：「梅哥認為我過的是一種窮苦生活，他要從貧苦中救我出來。他就是這個想法，要解救我。他要在獲得自由後立即和我結婚。給我大的房子、僕人、遊艇，他財富買得到的一切。」

「而你卻不喜歡？」

「我根本不喜歡。我喜歡顧梅東，事實上非常喜歡他。我要是不克制自己，我可能會愛上他。但是我更愛現在我過著的生活，這種差不多付不出房租的生活，這種天天看作家雜誌，研究哪一類文章、送哪一家雜誌，比較有登出來希望的生活。

「有時我也會交不出房租，甚至有幾次連郵票錢也沒有了。但是我是這一幫人當中的一員。我們互相幫助、關切。真是偉大的生活方式，我捨不得脫離。」

「也許是你思想的方向不對。」我說。

「什麼意思？」

「也許是你應該去救顧梅東。」

「救他什麼？」

「救他脫離他現在的生活方式。」我說。

「喔，」她說。想了一想，她笑著說：「他會高興死了。」

「這傢伙全身的七竅都只有鈔票進進出出。早上第一件事是看報紙的經濟欄，命令經紀人如何買進賣出股票。一天下來都只聽到數目字，又沒有一個成功的婚姻生活。你可以救他脫離那種生活，沒問題的。」

「說得也對，」她笑笑說：「別以為我沒有這樣想過。假如我真的嫁了他，也許真變了他財富的一部分。要不多久，早餐桌子上他看的還是經濟版，他整天說的和交待經紀人的話，我都插不上嘴，因為他們有他們的術語，我只是坐在那裡像個傻瓜。我想你懂我的意思。」

「我懂，」我說。「為什麼不告訴顧梅東，叫他把銀行裡的鈔票忘記，住到皮靈街來；叫他自己寫作，賺多少用多少，這樣你也許感覺好一點。」

她苦笑著說：「是個很好的笑話，說給他聽，看他笑不笑得出來。」

「阿國呢？」我問：「洪國本如何？」

「阿國是這一夥的一員，他是個朋友。」

「老天，是我的消息，是我給他這個毒品走私報導機會的。不過這也是男人才行的工作——女人做不來。

「所以我把消息給洪國本，但我也從旁盡一切可能幫忙他了。」

「你可以得到什麼呢？」

「這要看阿國能得到什麼而定。他會分成給我的。」

「你會接受？」

她驚訝地看我一下：「當然，我會接受的。你想我為什麼這樣起勁？」

「我還以為這只是付出呢。」

「別傻了，」她說：「我喜歡阿國，但我要生活，正如他也要生活一樣。」

「所以你們兩個在這件事裡是合作性質的？」

她點點頭。

「密切合作？」

她又點點頭。

過了一下，她說：「我對你這個人，真的弄不清楚，連你基本意圖也弄不清楚。奇怪我會聽你的話，且有信心。」

我說：「我是個私家偵探，我對出錢聘我的客戶，一定要有忠心。我受法律的保護不如律師那麼多，所以我必須保護我的客戶，同時保護我自己。

「舉個例來說，假如警方需要的話，我不能硬抓住了證據，不告訴他們。又如，相同的一件案子，如果我知道警方也在調查的話，我找到的證據，不能私自藏匿。違反了上述的規定，我就會有麻煩。」

「但是你現在在藏匿我呀！」她說。

「不是，我不是在藏匿你，」我告訴她：「我只是帶你到一個不受報紙記者騷擾的地方去。」

「報紙記者？」

「是的。你見今天晚報了嗎？」

「沒有，還沒看。」

「今天晚報，」我說：「大大的宣傳洛杉磯百萬富翁，因謀殺罪被逮捕。」

「但是他沒有提到我一個字。是嗎？」

「他是沒有提到你，但是別小看了記者的能耐。」

「但是顧梅東被捕這件事，又怎麼可能讓記者牽連到我身上來？」

「他們會訪問顧梅東的律師，」我說：「他的律師會神祕兮兮說話，他會儘量不提人名，但是洪國本的名字是會在本案裡提起的，然後記者會訪問國本。」

「你想他會講？」她問。

「你想他會不會講？」我反問她。

她想了想問道：「然則你為什麼不把他弄走？」

「因為，」我告訴她：「國本是個證人，他已經在本案表面上了。一個私家偵探把洪國本弄不見了，警察是絕對不會原諒的。他們暫時想不到我把你弄走了。再說我不是藏你起來，而是送你去一個地方，使你不受記者騷擾，使你能有幾天安靜的睡眠。」

「好吧，就算是你說的對。我也真怕人打擾，我希望有個地方可以好好睡一下。」她笑著說。

到我們進入厄爾高爾福的時候，我感到對南施已十分熟悉，而她真是個好女孩。我可以看到她的立場。我不知道她有這種想法多久了，但是我知道早晚她會結婚，這種想法早晚會消除的。我的當事人大概不知道如何能接近她的芳心，但是這不是我做私家偵探能幫忙的。

在厄爾高爾福，我找了個汽車旅館，要了兩個房間。我告訴南施說：「必要的時候，這裡是有公路巴士可以利用。從此以後，你不會聽到我任何消息，也不會聽到任何人給你消息。除非有人能找到你。」

「如果有人能找到我又如何？」

「那就一切要靠你自己了。」我說。

「我們一起在什麼地方用早餐，再……」

「你用早餐的時候，我早已走遠了。」我告訴她：「我還有工作要做呀。」

我又把車子裝滿油，把南施帶到一個小的餐廳。已經是非常晚了，但是餐廳還是給我們弄了一點炸蝦。我從她臉上看到她對食品質料的讚美。

「你要注意，不要把自己吃肥了。」我警告她。

「我怎樣付這裡的帳呢？」她問

「你還有多少錢？」

「少得可憐。」

我笑著說：「我這裡有顧梅東給我作開支的經費，你不會拒絕接受一點吧？」

「老實說，唐諾。你給我錢，叫我做任何事，我都不會猶豫。」

我交給她一百元。

她睜大眼睛很驚奇地看著。

我說：「你可以靠這些生活一陣子。不必記帳，該花儘管花，我這裡記上一百元開支就可以了。你回家的時候要是有多餘的，也不必交回。」

「但是這是你的錢呀。」

「給我的人還有很多錢。」

她猶豫了一下，把鈔票摺起，放進她皮包。我知道她從沒有一次見過那麼多錢。

我們吃完了很晚的晚飯。我為她買了好幾大瓶的墨西哥礦泉水，放到她房間去，告訴她在墨西哥喝礦泉水比喝自來水要安心得多。

我向她說晚安的時候，她自動和我吻別。

「唐諾，」她說：「我發現你公私都是好人。」

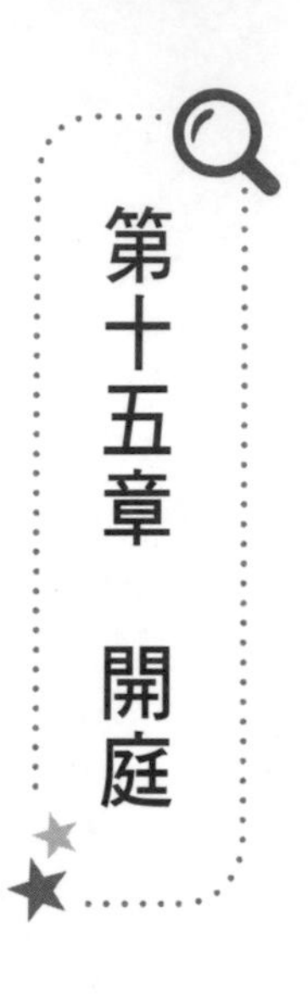

第十五章 開庭

天剛有亮意，我已起來開車孤獨地北行，把海潮留在身後，爬上高處的沙漠，一哩，一哩向前走。

東面的微亮變成光輝的金黃色，又變藍色。太陽從重山裡出來，使窄葉的灌木樹和沙漠植物都拖了一條長影子。

要在開庭以前趕到厄爾申特羅，是件苦差事，但是我還是成功了。

副地方檢察官姓路，叫做路克林，他很正經地在表演。

他首先向主持這一次預審的普法官做了個開場白。

「容本席向庭上再聲明一次，預審的目的並不是要證明被告有罪。而是要取信本庭，一件刑罪已經發生，而我們有足夠理由相信，這犯罪行為和被告有關。」

普法官稍稍蹙一下眉，對於這年輕小夥子有點教育別人的味道，不十分滿意。

「本庭對什麼是預審，清楚得很，起訴先生。」他說：「這種事情可以不必解釋。」

「我不是在解釋，庭上。」路克林說：「我是在強調地方檢察官辦公室的立場。由於被告在社會上的身分地位，我們準備比一般預審多提一點檢方證據出來。我們提出的證據，將不只希望證明犯罪行為與被告有關。而我們準備把正式開庭時檢方把要用的證據儘量提出來，假如被告對這些問題能解釋清楚的話，我們真的非常願意在本庭結束前撤消告訴。」

鈕律師把他嘴巴一抿，做出一個微笑狀，說道：「換句話說，你希望被告也能在預審把他的底牌都給你看。看不看，你反正要把被告拖去上級的法庭，有陪審團的場合再審，但是你都知道我們底牌了。」

「這無所謂，」路生氣地說：「我們辦公室不過基於倫理立場，盡可能給你們被告一方優待。我們提出的證據，只要你們有合理的解釋，我們就請求庭上撤消本案。」

「假如被告不作解釋呢？」鈕律師問。

「那我們就請庭上准許我們把被告以第一級謀殺罪嫌，送上級法庭去開審。」

「你提你的證據吧。」法官普先生對檢方說。

路克林請郡的地政單位畫呈了一張與本案有關的地圖，作為證物。

對這，辯方沒有開口詰問。

路副地方檢察官請當晚——十九日晚，至二十日晨——在該區巡邏的加利西哥警官作證。警官說他曾注意到那輛小貨車拖的船宅，停在加利西哥向北離城不遠處公路上一個較寬的空位。第一次見到是十九日傍晚，但過了午夜，又見到一次——那就是在二十日的清晨。當時他決定暫不理他，等天亮後再去叫醒車主，告訴他路邊紮營或停車睡拖車裡是違規的。假如他不聽的話，他再強制執行。

天一亮，那警官敲了好幾下門，但沒有回音。他一試門把，門沒有鎖。他把門打開向裡望，一個屍體仰臥在地上。

他看清這人已經死亡，而且是被槍殺的，立即退出來，把船宅門關上，並且小心不再多留指紋。

警官用無線電和總部聯絡，總部派出一組來參與調查。

指紋專家首先到達了現場，然後洛杉磯總局的宓善樓也到達協助。警官說宓善樓是總局兇殺組的警官，他常被派為聯絡官到洛城四周的市鎮參與作業。

鈕律師簡單地說：「沒有問題。」

另一個警官被叫上證人台來，指著已呈作證物的地圖，指證小貨車和拖著的船宅停車的地方，正好是在加利西哥市區限止以內。

律師也沒有詰問。

指紋專家被請上台作證。他作證說，曾小心地把小貨車及船宅的裡裡外外，採取指紋。

他找到很多新印上的指紋，但都已經塗污了。共計有七十五個無法辨認的，但另外還有幾個可以辨認的。

「那些可以辨認的，」路副地檢官問：「是在哪裡發現的？」

「我發現五個指紋都是在船宅門把手左側鋁板上。其中一個可以假想為拇指印的，塗污了。其他四個非常清楚。」

「你有這指紋的照片嗎？」

「有的。」

「請把這些指紋照片上呈。」

證人把照片拿出來，列入檢方證物。

「你說這些指紋很清楚，可以辨認，」路問：「你後來有沒有辨認出，這是什麼人的指紋呢？」

「我有。」

「是誰的指紋？」

「是今天這件案子被告，顧梅東先生的指紋。」

旁聽席響起一陣含混低聲說話聲。鈕律師在一秒鐘內連眨幾下眼，但面孔始終保持沒有表情。

顧梅東表情很清楚。他表現出完全不能相信，然後非常懊惱。

這次鈕律師做了一個敷衍性的詰問。

「你不知道這些指紋是什麼時候印上去的，是不是？」

「不知道，先生。」指紋專家說：「我只知道是叫我去檢查前不久留下來的，多半是二十日早上。」

「但是，這些指紋絕對是被告的，沒錯嗎？」

「絕對的。」

「一個一個對過沒錯，還是四個比對的效果做出來的決定？」

指紋專家告訴大家，他是一個對一個指紋校對，每一個指紋都和被告的指紋有足夠的相同點，使他絕對相信這一組指紋是被告留下的。

鈕律師讓指紋專家下台。

一個地方行政司法官辦公室請來的病理學家，出庭作證說，他被郡驗屍官請到加利西哥來幫助驗屍，屍體是發現在一個船宅的地板上。驗屍及屍體解剖是屍體移到殯儀館後辦理的。死因是一顆點三八口徑子彈，穿過前胸斜著通過胸腔，打穿心臟，卡住在脊柱的右側，槍彈已經找到。死亡時間可靠計算是十九日晚上九點至二十日早上三點之間。

鈕律師詰問的，仍為敷衍性質的。

死亡時間是如何定出來的？問題的回答是驗屍的人用發現時屍體的體溫、屍體的僵硬度和屍斑的廣泛度，參考沙漠外面溫度變化、船宅內的室溫等等綜合研究的結果。

「死者胃內剩餘物的情況如何？」鈕律師問：「胃裡食物情況，不是也可以指示，死者最後一餐吃過多久後遇到的死亡嗎？」

醫生說：「在這案子裡，最後一餐對我們協助不大，因為死亡時，胃裡已經空了。」

我傳了一張紙條給鈕律師：「找出船宅內的情況。他們發現屍體時燈是亮著的嗎？有沒有用煤油暖爐？用著？還是有用過的跡象？這會影響死亡時間之判斷。再問他屍斑的發生，和死亡時的生理狀況關係，死亡之前因為爭吵，情緒激動血壓升高，不是會使屍斑早現嗎？設法打破他對死亡時間判斷的正確性。」

鈕律師思慮地看著我的字條，把它捏成一團，拋在廢紙簍裡。對證人說：「沒有詰問的問題了。」

證人離開證人席位。

檢方提出一張槍械購買登記的影印本。顯示顧梅東曾購一支史密斯華生點三八口徑，一又八分之七吋短槍筒，五發子彈轉筒的轉輪手槍，槍號一三三三四七。槍是三年之前，自一家席拉運動器材行售出來的。

影印本呈庭做為檢方證物，上面清楚地看得到顧梅東的簽字及地址。

路副地檢官此時說：「我現在請洛杉磯警察局的宓善樓警官來證人席出證。」

宓警官懶洋洋地宣誓出庭作證，其態度有如說明他一生中已出庭作證過上千次一樣。

檢方問題自宓警官的職業資格開始，轉入二十日早上他會正好在加利西哥的原因。

「什麼原因使你到加利西哥？」路問。

「洛杉磯警察總局，應加利西哥警察局長的邀請，要我來協助解決一件……」

「等一下，」鈕律師打斷他的話說：「除非那件事和本案有關，否則我反對說下去，因為這是沒有法定資格的，與本案無關的，不切實際無關緊要的。」

「這件事和本案有間接的關係，」路克林說：「但是我們願意收回這個問題。」

鈕律師笑笑，好像自己完成了一件事，並不單只防止我得到我需要的消息。

「無論如何，二十日的早上，你是在加利西哥。」路繼續問在證人席上的宓善樓。

「是的，先生。」

「是早上幾點到的？」

「我是早上五點三十分乘專機來到的。」

「之後，你做什麼？」

「我向警方報到。」

「之後呢？」

「之後，我去第安薩大旅社的餐廳吃早餐。」

「你到第安薩後發生了什麼事情？」

「我看到一個私家偵探。他的名字叫賴唐諾，我認識他很久，有好幾件案子也和他有接觸過。當時他和一位顧梅東，就是本案的被告在一起。」

「你和他們談話了嗎？」

「喔！是的，先生，我有和他們談話。我有問賴唐諾他在這裡幹什麼，他告訴我他是來辦案的，而今天的被告是他的客戶。」

「之後呢？」

「之後加利西哥一位警官來找我，請我和他談一下，告訴我，有一件謀殺案在離市區不遠發生了。我跟了這位警官趕到現場，看見一艘船屋架在兩艘平底船上，在一輛拖車上，由一輛小貨車拖著，停在路旁。」

「你們有沒有在現場四周搜查著可能的兇器手槍？」路問。

「我們搜過。」宓警官說。

「有沒有找到兇槍？」

「那時候沒有。」

「你是什麼意思？」

「我的意思，兇槍是較後一點時間發現的。」

「被什麼人？」

「我相信，」善樓說：「兇槍是被賴唐諾所發現的。」

「請問賴唐諾是不是在法庭裡？」

「是的，他現在正坐在法庭裡，在前排。」

路克林向法官說：「我請求允許把這個證人暫時離開證人席，想請賴唐諾作證。」

「為什麼理由？」鈕律師問道。

「為了問他怎樣找到這支槍的。」

「我認為這不是正常程序。」鈕律師說。

普法官不耐地搖搖頭：「今天這一庭，這個時候，希望雙方不要太注重專業方面的細節。證人可以暫時下台，請賴先生起立，請他宣誓。」

我站起來。

「舉右手。」

我舉右手。

書記官說：「你以至誠宣誓，對本案所述證據是事實，皆為事實，除事實外無任何增減。上帝助你。」

「我遵守。」我說。

他們問我姓名、地址和職業。我把一切列入法庭記錄後，自己坐到證人席去。

路克林，對這一刻要問的問題，顯然自己已一再推演過很多遍，目前不過是依計施行而已，他說：「你自己到謀殺案現場去了？」

「我不知道。」我說。

「什麼意思，你不知道？」

「我到那裡的時候，那裡沒有屍體。」

「但是你去了小貨車和拖車被發現的地方？」

「我不知道。」

「好，這樣問你──你去了你認為是的那個地方了，是嗎？」

「反對，」鈕律師說：「證人『認為』怎麼樣不能拿來作證。」

「不錯，不錯。」路副地方檢察官說：「我收回這個問題。我請你看這張證物地圖，請你集中注意力在加利西哥市的北方。賴先生，你能看得懂地圖嗎？」

「大致可以。」

「我現在指給你看有個紅圈的地方。這地方也是各證人說發現小貨車、拖車和船宅的地方。請問你去了那地方嗎？」

「去了。」

「什麼時候？」

「我不知道真正的時候。反正是二十日的上午。」

「你是不是去找兇槍的？」

「我只是隨便看看。我想看看有沒有什麼證據被忽視了。」我說。

「你做了什麼事？」

「我看到一塊地方，有不少人聚在那裡，然後我走到路邊這塊地的最邊上。」

「請你在這張地圖——民眾證物A——上指給我們看，你走向哪裡去了？」

我走過去，走到地圖旁，指給他看紅圈附近註明著「灌溉排水溝」的位置。

我說：「我沿了排水溝附近走著。」

「你在找什麼嗎？」

「任何被忽視的證據。」

「這一點你已經說過了。」

「你又問我，我只是再回答你。」

「什麼樣的證據，你認為可能被忽視了？」

「我懷疑有沒有人肯涉泥過水溝的另一面，察看一下金花菜田。」

「你有沒有發現足跡表示有人過去過？」

「我沒有。」

「所以你認為沒有人去搜過金花菜田，因為排水溝裡有污泥，而沒有人可以過去又回來而不留下痕跡的，是嗎？」

「是的。」

「什麼理由使你想到要到溝的對面去？」

「因為沒有人去過，所以我才想去看看。」

「但如殺人兇手沒有到水溝的對面去，你怎麼會想到對面金花菜田裡會有什麼證據呢？」

「投手投球，人不一定要走回本壘去，是嗎？」我反問。

旁聽席中有人在竊笑。

路副地方檢察官清清喉嚨，有權威地說道：「法庭上時請不要開玩笑，賴先生。」

「我並沒有開玩笑，我是在說一種物理現象。」

「反正，你就決定到水溝的對面去？」

「我非但決定過去，而且真的過去了。」

「你過了水溝，做了什麼？再說，你是怎樣過的水溝？」

「我走過去的。」

「不，不，我是指你怎樣處理鞋子和襪子的。」

「我脫下來，拿在手裡。」

「你光著腳下溝，光著腳爬上水溝到對面去？」

「是的。」

「之後你做了什麼？」

「我沿著水溝堤走上去，又走下來。」

「有找到什麼東西嗎？」

「當我走到溝堤某一位置的時候，我看到什麼金屬的反光。我移動過去，發現是支槍。」

「你怎麼辦？」

「有一個孩子正好跟著我過溝，我叫他報警。」

「這是不是你第一次見到這一支槍？」

「是的，先生。」

「有一件事，我想最好我們大家不要弄錯，」路克林說：「現在我給你看一支點三八口徑轉輪，它槍筒長度一又八分之七吋，槍號一三三三四七，轉筒有五個位置可以放子彈。請你看一看這支槍，而且我請求庭上允許，把這支槍列入記錄，作為民眾證物第二號。」

我看看這支槍，我說道：「這支槍極像那一支槍。我沒有把那支槍撿起來過，我只是請那小弟弟立即報警，請警察立即來。實際上是請他去找他的父母，請他父母報警。」

「那位小弟弟，你再見到他的話，會不會認得出來？」

「會的，先生。」

「羅侖查，請站起來。」

那個十歲大的男孩子，在旁聽席中站了起來，看起來兩眼有點凸起。

「是這個人嗎？」路副地方檢察官說。

「是這個人。」

「你可以坐下去。」路克林對羅侖查說。

路克林長長冷酷地看了我一陣。「賴先生，」他說：「我建議你承認，你走到地圖上所標示出來的地方時，這支槍本來就在你身上。」

「沒這回事！」

「我再建議你承認，你本來就是在找哪裡可以藏匿這支槍。你看到了沒有人曾經爬過這條水溝，你想到把這支槍拋棄在那金花菜田裡。」

「完全不是事實！」

「我建議你承認，有了這種想法，你來到金花菜田，把槍拋下，你原準備回到水溝邊，退回原來地方，什麼也不提起，但是見到了那小弟弟，羅侖查·龔查理斯，你只好改變你的計畫。那小弟弟眼睛很尖，人很機警，他已經發現了你有什麼東西要藏起來，他問過你是什麼東西，或是差不多的問題。」

「不是那樣的。」

「由於這位小弟弟所站的位置，毫無疑問地會立即見到這支槍，只要他見到這支槍，槍是你放在這裡的事實，怎樣也跑不了。所以你馬上改變計畫，說是你發現了這支槍，叫羅侖查去告訴他父母，請他父母報警。」

「這完全不是事實。」

「我再告訴你，你如此做的目的是為了保護你的客戶，也就是今日的被告顧梅東。」

「絕絕對對沒有這回事。」

「照你說，你是很偶爾發現那把槍的？」

「是的。」

「那到底是你有先知能力，還是靈感，能夠一到那裡，直接就走向槍被拋下的位置？」

「我沒有直接就走過去。」

「那你間接的為什麼走過去？」

「我在查看整個那一帶的地形。」

「查看地形使你脫去了鞋襪，走過又髒、又泥濘的排水溝，光著腳走進金花菜田。你的腦子會告訴你，兇手可能不留痕跡在溝裡，但是會把槍拋到田裡去？」

「我要看看整個現場四周。我過了排水溝，我找到槍。這都是事實。」

「你這一生之中，以前從來沒有見過這把槍？」路問我。

「喔，庭上。」鈕律師說：「我實在老早應該高叫反對的。但是我還是讓這幕活劇進行著，因為我想也許檢方大律師真有什麼特別的觀點。

「我對所有剛才檢方提出的問題統統反對。反對的理由是他在詰問他自己的證人。」

「反對成立。」普法官說。

「我現在，」鈕律師繼續說：「還要建議庭上，刪除這位證人所說的一切話。理由是這位證人被請上台來，不合乎規定的程序。而且他的回答，全是檢方在詰問他自己證人的結果。」

「建議不同意。」普法官裁決道。

路克林說：「你要不要詰問這位證人，否則我就要請這位證人撤退，把本來在證人席的宓警官再上去了。」

「當然不要，」鈕律師說：「我對這位證人沒有問題要問。這位先生來到兇殺案的現場，他做的調查工作，本來是地方行政司法長官辦公室，或是加利西哥警察局應該要做的。我且不說洛杉磯總局來的大專家了。」

鈕律師站起來向宓善樓坐的那個方向諷刺地鞠了一個躬。

宓善樓生氣得自椅中站起來了一半，又忍住了。

「目前，我們並不需要表演和喝采。」普法官說：「賴先生，你可以下來了。宓警官可以回到證人席來。」

「現在，我總算把這兇槍的來源弄清楚了一點點。」路克林說：「宓警官，請你依你所知道的，盡可能說清楚一點，到底發生了什麼樣的事？」

「我在加利西哥警察局和局長在說話，」善樓說：「來了一通電話，局長要我……」

「等一下，等一下，」鈕律師說：「我反對。理由是無論你和警察局長談話內容是什麼，只要被告不在場親耳聽到，都是道聽塗說，無法定資格的，與本案無關的，無實際關係的。」

「認可。」普法官有點厭煩地說。

「只要告訴我們，你們會話完畢，你做了什麼就行了。」路副地檢說。

善樓說：「我請了一位警官，把我用車子帶到了現場。」

「有沒有行政司法長官辦公室的人參與？」

「警察局裡有好幾個行政司法長官助手在參與工作，但他們都忙著在查手印等工作。事實上，我對這種報警電話當時也沒有認為……」

「建議，請刪除證人所說『事實上』以後所有的話。」鈕律師說。

普法官說：「可以刪除。警官，你應該知道，請你來作證，不是請你來發表意見。」

「我抱歉，」善樓說：「我是順口溜出來的。我只是想到當時我的反應和我的行動。事實上，這次的行動，我們沒有請地方行政司法長官辦公室的人參與。」

「沒有關係。這一點即使你不補述，被告律師詰問的時候也會問出來的，」普法官說：「警官，你說下去，你自己發現了些什麼事？」

宓警官對要說的事感到相當的不樂，不安地先在椅子上換了一個坐姿，說道：「我和加利西哥一位警官到了現場。那男孩，羅侖查．龔查理斯，在那裡等著我們。他對我們說了幾句話。當然，我不能在這裡說，因為說話的時候被告不在場。但是，由於他說話的結果，這位警官和我，走過排水溝，到了賴唐諾在等的地方。也就是很接近那個民眾二號證物，那支槍在的地方。」

「之後你做了什麼？」

「我把一枝鉛筆，塞進手槍的槍筒，把槍挑起來。假如槍上有指紋的話，就不會塗污了。就這樣拿著，我把它拿過了水溝。

「我們把槍帶回了總局，驗指紋的人立即開始工作。

「槍上面沒有指紋。我必須向各位報告，手槍上取到指紋的機會，本來就不多。」

「完全沒有指紋？」

「反對，這是道聽塗說。」鈕律師提出來。

善樓向鈕律師微笑說：「報告大律師，檢查指紋的時候我也親自在場。」

「完全沒有指紋？」路克林問。

「槍的上面，有幾個塗污了的指紋，沒一個可辨認的。」

「你們對這支槍又做了什麼？」路問。

「我把這支槍拿到本郡的行政司法長官辦公室，在那裡一位彈道專家和我發射了試發彈，把它放在對比顯微鏡下和謀殺案致死彈頭做了個比較。」

「有什麼發現？」

「我們發現兩個彈頭完全吻合。」

「代表什麼意義？」

「說明陳列在這裡，民眾證物第二號那支槍，就是發射致死子彈的兇槍。」

「我對這一位證人，目前已經沒有什麼問題要問了。」路說：「你可以詰問了，大律師。」

鈕律師想了一下，說道：「目前，我沒有詰問。」

「傳——羅侖查．龔查理斯，出庭作證。」路克林說。

羅侖查，看起來突然害怕了，走向前來。

「你幾歲啦，小弟弟？」普法官問。

「十歲，快要到十一歲了。」

「你懂不懂什麼叫宣誓？」

「懂，先生。」

「是什麼意思？」

「意思是你一定要說實話。」

「假如不說實話會怎麼樣呢？」

「會被處罰。」

「你怕被處罰？」

「每個人都怕被處罰。」

普法官對書記官說：「請他宣誓。」

書記官給他完成手續。

路副地檢官說：「你認識剛才在這裡作證的賴唐諾？」

「是的，先生。」

「你第一次見到他的時候，他在做什麼？」

「他在所有人都在的地方，走來走去。」

「你又見到他做什麼？」

「我看到他脫掉鞋襪，走過都是泥巴的水溝底。」

「你那個時候自己穿著什麼？」

「我穿襯衫，褲子。」

「褲子是長褲？」

「不是，先生。是一條很隨便的褲子，本來是長褲，但是膝蓋以下隨便剪掉了，也沒縫邊。」

「襪子，鞋子呢？」

「根本沒穿，先生。我從來不穿鞋子，除了去教堂和——像是今天來這裡。穿鞋子會打腳。」

「你那時是光腳的？」

「是的，先生。」

「你走過水溝，無所謂？」

「是的，沒關係。」

「告訴我，你為什麼也要走過水溝去？」

羅侖查，顯然是經過教導的，說道：「我看到這個偵探男人找到了什麼東西。」

「等一下，等一下，」鈕律師打斷說：「這個問題叫做請證人做結論。證人的回答也是證人的結論，不能列入記錄。」

普法官的興趣被引起來了。他坐在法官席，把身體前傾。「本庭自己要問幾個問題。」他說。

「小弟弟，這個私家偵探，在行為上，有什麼看在你眼裡，使你相信，他看到了什麼東西嗎？」

「有的。」

「是什麼？」

「他走呀走，走呀走，走呀走。我一直在看他。突然，他站定了，轉彎進入金花菜田。然後他背向著我，我看不到他在做什麼。然後非常突然他轉回身，開始向水溝走回去。」

「你怎麼辦？」

「我一看到他找到了什麼東西，我跑過水溝底下的泥漿，爬上對岸，跑進他站在那裡的金花菜田裡。」

「你跑得很快嗎？」

「非常的快，先生。我的腿是飛毛腿。我可以光著腳跑在石頭堆裡、水灘裡，比穿了鞋跑得快多。」

法官又問：「之後呢？」

「那個人看到我，知道我看見他發現了什麼。所以他才叫我回去告訴爸爸、媽媽，請他們報警。」

「報告庭上，」鈕律師說：「這些當然是證人的結論，無法定資格的，與本案無關的，不到實際的，可以說是……」

「稍等！」普法官說：「你的反對，暫時照準。但本庭自己還有幾個問題要問這位小弟弟。」

「在你看來，賴先生做了什麼事，使你看來不太正常？」

「他開始向水溝邊上走回。他走了兩三步，見到我過來，看到我盡快的跑向他去。」

「他怎麼樣？」

「我問他：『找到什麼了，先生？』他沒有馬上回答我。他像是想了一下，他說：『不要管，但是你馬上回家——你是不是住在這裡？』

「我告訴他是的。

「他說：『馬上回家，叫你爸爸告訴警察，要他們立即來這裡。』

「所以我說：『你找到什麼？』他什麼也不說，我就看一下，看到這支槍。」

「你站的位置看過去，能看得很清楚嗎？」

「不是十分清楚。但是即使他什麼也沒有說，我仍舊可以看得到的。槍平躺在那裡，太陽照著有反光。反正誰都會知道，有什麼東西在金花菜田裡。」

「我想這年輕人所說的事，本質上是可以列入記錄的。」普法官說：「雙方的律師是不是還有什麼問題要問這位證人？」

「庭上問的問題非常睿智，」路說：「我已經沒有問題了。」

「辯方要詰問嗎？」普法官問鈕律師。

鈕律師強調地搖搖頭。「沒有問題，」他說：「但是我仍要建議，這位證人的證詞不能列入紀錄。因為他年齡太小，不能懂得宣誓的真實意義。」

「建議駁回。」

「第二個理由是，這個證人的證詞全是純理論的，捉不到，摸不到的，而且形同是他個人的結論。」

「建議還是駁回，」普法官說：「我承認，這個證人的證詞，有一部分的確是他想像的結論。但是每一個結論的基本主要部分，本庭認為尚屬可以列為證據的。假如我們換一種方法問他，最後變成竄改了他的原意，反而成為不切實際了。這確是很有趣的一種證詞，我不諱言，本庭自己也設想了很久。雖然目前我還不知道檢方要把這些列入證據，為的是引出什麼來，我暫時決定讓他如此做。」

「檢察官先生，你的爭論點，是不是這支兇槍本來就在賴唐諾的身上，由賴唐諾帶到現場，由賴故意拋在金花菜田裡後來發現的那個地方？」

「是的，庭上。」路說。

「好吧，你繼續進行。」普法官一面說，一面觀察地看了我一眼。

路克林下一個證人是一個半職業性的棒球員。他是投手，他被宓善樓和警方親自帶到兇案現場，有人給了他一支和本案兇槍一樣的史密斯華生轉輪，他站在水溝的這一面，用各種方法擲，連著試很多次，他怎樣也沒有辦法把槍擲到發現那把槍的距離那麼遠。

「請被告大律師詰問。」路說。

鈕律師搖搖頭說：「沒有問題。」

「等一下，庭上，」我說：「因為我的正直被非難，我的信譽也受到迫害，我請求庭上准許我發一個問題。這位先生說在水溝的這一面拋那支槍，他到底是指站在命案發生的地點最近處的水溝邊上，還是沿水溝走下去一點，找到槍的地點最近處的水溝邊上。目前我們並沒有證明拋槍的人，不能沿水溝——」

「你等一等，」普法官說：「賴先生，你超出程序了。雖然我覺得你這個問題提得很好，假如代表被告的律師願意提出這個問題的話，他是有權的。再說，以本庭看起來，你的理由在地圖上也看得出來。從出事點垂直到水溝位置向發現槍的位置拋東西，是斜線。從發現槍的位置正對面水溝上拋東西是距離短得多的直線。」

「等一下，庭上，」路說：「在我們看來，假如槍是兇手拋出去的，他當然希望愈早出手愈好。多半他逃出船宅，跑到水溝旁，想把槍拋進去，看到溝中泥濘不深，所以盡可能拋遠一點。」

「你是不是，」普法官問：「想和本庭辯論？」

路克林想了一下說：「是的，庭上。」

「可以不必，」普法官說：「拋槍的人從停車的地方，垂直跑到水溝旁，和斜斜跑到水溝旁，再把槍向對面拋掉的機會是一樣的。」

路克林猶豫了一下，坐了下去。

「你請下一個證人吧。」普法官說。

路克林說：「我請田茉莉出庭作證。」

田茉莉，四十到底，五十不到，平胸削肩，意氣消沉，但是她還是很機警，說話像機關槍。

她給法庭她的住址是洛杉磯，皮靈街八九五號，職業是打字員。

「你替什麼人打字？」路克林問。

「我是一個自由打字人。我替別人打初稿，也做一點小的編纂工作。我在作家看的雜誌上打廣告，也自郵局收到很多打原稿的生意。有的請我稍加編纂，再打字成容易被人接受的形式，寄還給他們，收他們每一頁多少錢。」

「你認不認識一位白南施小姐？」

「喔，是的，當然。」

「白南施小姐住什麼地方？」

「住皮靈街八三〇號，公寓房六十二之一。」

「你有沒有機會在上週見到白南施小姐？」

「有的，先生。」

「什麼時候？」

「是——是這個月的十五號。」

「是在什麼地方見到她呢？」

「是在南施小姐公寓裡。」

「你也替南施小姐工作嗎？」

「沒有，先生。她是自己打字的，但是我們兩個是很好的朋友，南施有的時候也給我介紹客戶。有的初寫稿的沒有打字機，有的不能一面想一面打字，也有的不能配合雜誌社要求……你要知道我的工作對象多半是初學的或是非職業性的。」

「你那次見到白小姐的時候，還有別人在嗎？」

「沒有，先生。只有我和她兩個人。」

「在那個時候，南施有沒有拿出一支槍給你看？」

「有的，先生。」

「我現在拿一支槍給你看，民眾證物第二號，問你這把槍像不像她上一次給你看的那一把？」

證人極仔細地翻來翻去看這把槍，說道：「是的，先生。非常像她上次拿給我看的那把槍。」

「那時南施對你怎樣？」

「她告訴我，她把一個秘密消息告訴了她一個朋友，是一個有關走私毒品的內幕。她說那個朋友已快要完成這篇報導了。她說她的一位朋友，姓顧的——」

「等一等，等一等，」鈕律師阻止她說下去，站起來，他把聲音提高了很多說：「這是不合規定的，檢方明知故犯已非常清楚。這純粹是道聽塗說，與本案毫無關係、不切實際的。這完全太離譜了。除非這位證人和她朋友談話的時候今日本庭的被告在場，否則一切談話當然是道聽塗說。白南施告訴這位證人的話，不論說什麼，都是無法定依據，不能提出來的。」

「完全正確，」普法官說：「我也覺得這種對白是道聽塗說，不能作為證詞。」

「當然，庭上，」路克林說：「我們手裡有了一支兇槍，我們要證明這支槍曾經在被告的一位至友手中。我們要證明——」

「反對！本席對他的聲明反對，」鈕律師喊道：「這種聲明會引起別人產生偏見。我建議把檢方最後一次的發言，全部刪除。」

「建議照准。檢方有關槍的最後一次發言，全部刪除。」普法官說。

「我們志在證明一層友誼狀況，庭上，」路說：「我們志在說明這支兇槍的來龍去脈，剛才所說的實在是有關狀況的一部分。」

普法官說：「本庭也很想知道槍的來龍去脈，但是你不可以用道聽塗說來證明給我看。」

「好，」路說：「反正不論用什麼方式，我一定要把這一段列進去的。我要請這位證人休息，另外請下一位證人——」

韓喬治太太是一位女牢頭型的女人，方眉，大股，牛頭狗似的下巴。她搖擺地走向證人席，有如一艘裝飾齊全的大戰艦開進海港。

「請報姓名、地址和職業。」

「韓喬治太太。我管理加利西哥的楓葉旅館。」

「我來問你，本月二十日的清晨，你有一位住客叫做白南施是嗎？」

「有的。」

「怎樣登記的？」

「用白南施名字登記的，但是一開始的時候，她想用豪南施的名字登記。」

「後來為什麼改變名字登記了呢？」

「我們那邊假如有單身女客住店，都會十分小心。我向她要汽車駕照看。她拿出駕照，向我解釋她在躲避，她不要別人知道在此登記。我告訴她只要用真名登記，只要行為良好，住多少天我都不管，但是只要我發現她行為不檢，就要立即走路。我們經營的是一個正經場所。」

「她住下了？」

「是的。」

「到什麼時候？」

「我不知道她真正是什麼時候離開汽車旅館的，但是租金是付到二十號的。我在二十號上午去查看她房間的時候，門匙是反插在大門外面的，她也已經離開了。她的行李也不在了。」

「房租沒欠吧？」

「那是絕對的，」韓太太說：「單身女人，我都是預付才放心讓她們住的，一天也不馬虎。」

「謝謝你，沒有問題了。」路說。

「有詰問嗎？」普法官問鈕律師。

鈕律師有點迷惑不解，他說：「沒有問題。」

路克林說：「我現在要請牛海白先生。」

牛海白是個中年漢子，有點神經質，動作快，身體健朗，他顯然很高興有個出風頭的機會。他把姓名、地址和職業告訴了書記官，期待地轉向副地方檢察官路克林。

路問：「牛先生，回想一下本月十九號的晚上，到二十號的早上，你住在哪裡？」

「在加利西哥的楓葉汽車旅館。」

「那晚上，你有沒有起床，從窗內向外望？」

「有的。」

「你住幾號屋？」

「我住一號屋。是靠街的第一幢，也在十二號的正對面。」

「那一晚，有什麼不尋常事發生嗎？」

「清晨兩點或三點，我聽到十二號房內有聲音傳出。十二號房的燈亮起，照進我的臥室。把我吵醒，我非常不高興。」

「你怎麼辦？」

「我睜了一會眼，起來。」

「你看到、聽到什麼？」

「我能聽到兩個人的聲音，一男一女。他們在爭一件事情。我起床之後聽到男的在說：『你一定要離開這裡，你一身都是危險。你一定要跟我走，我帶你去另外一個地方，暫時離開你那作家朋友，離開危險。』他又說：『把東西整好，到門外車裡見我。把槍交給我，你不能帶著槍去墨西哥。』」

「最後一句話，再說一次。」

「把槍交給我，你……」

「他有說把槍交給我？」

「是的。」

「之後如何？」

「之後他說：『盡快把東西整好。』又說：『你真笨，把自己混進這種事去。現在開始，一切要聽我的。我幫你脫離危險，但是你自己要離開這個瘋作家才行』。」

「之後，有什麼事？」

「之後門就開了，那男人走出來。」

「你有沒有機會仔細看他一下？」

「當然有。對門公寓裡的燈光，照得他非常清楚。」

「你在這個法庭裡，有沒有見到他？」

「當然，是那位被告。」

「今日的被告，就是你看到那天從十二號房出來的人？」

「是我看到的人。」

「是那位說槍要交給他的人？」

「是的。」

「之後又怎麼樣？」

「之後門關起了，又等了幾分鐘，房裡的燈熄掉，一個我看不清楚的女人，拿了一只箱子，一只手提袋開門出來，站在門口。那男的一直坐在門口的大車裡等候，出來把箱子和手提袋接下，放在車裡，他們一起開車走了。」

「有沒有問題要詰問這個證人？」普法官問。

鈕律師說：「我只有一、兩個問題請教這位證人。」

「牛先生，」鈕律師說：「你能不能確定那男人和女人說話的正確時間？」

「沒辦法，我不能。我被別人吵醒，當時我有點生氣。事實上，事後我有一個小時不能入睡。在三點鐘的時候我起床吞了兩片阿司匹靈，所以我知道他們說話是在三點鐘以前。」

「你認為，那晚上你看到的人，是今天在這個法庭的被告，顧梅東先生，不會有錯？」

「絕對沒有問題。」

「你戴不戴眼鏡？」

「我看書的時候要戴眼鏡，遠的地方我看得很清楚。這位先生在亮光裡，我看來有如白天一樣。他站在門口，我看得很清楚。」

「我詰問完了。」鈕律師說。

路副地方檢察官說：「報告庭上，我們的提證完畢。我們請求准許把被告以一級謀殺罪，交上級法庭來審理。」

我對鈕律師說：「請求庭上延期繼續審理。」

鈕律師搖搖頭：「那沒有什麼用。我們決定不予辯白。我一向不用這種戰略，在預審的時候把有利的證據都拿出來。預審沒有陪審團，法官一個人就決定這個人有沒有可疑之點。現在提證據，等於給檢方看底牌——」

我打斷他的話，用很低的聲音向他說：「他們目前提出來的全是環境證據，一點真憑實據也沒有，而且——」

「別說笑，」鈕律師插嘴道：「他們在船宅上找到他的指紋。他們已證明兇槍是他買的。他們已經證明他半夜兩點鐘，去楓葉汽車旅館把槍拿回來。他為的是要保護他的『相好』。他決定自己去處理這件事，是他殺死那個走私毒販。」

「顧梅東絕不是這樣一種人，」我說：「幫幫忙，請求一下庭上延期繼續！」

法官說：「各位先生，辯方到底要不要提證申辯？」

「請求延期半個小時，」我說。

顧梅東看看我，看看他律師。

「半個小時延期，不會影響大局吧？」顧對鈕律師說。

鈕無可奈何地站起來。

「我們在進行的程序上有了一點小問題，」他說：「請求庭上給我們半個小時的休會。」

普法官看看他的錶。「本庭暫時休會十五分鐘。」他說：「有十五分鐘的時間，被告和律師應該可以意見一致了。」

普法官離開坐椅，退席到法官休息室。

我把鈕律師和顧梅東拉到法庭的一個死角。別人聽不到我們說話，但是庭警看得到顧梅東的位置。

「你沒對我說真話，」鈕律師對顧梅東說。

顧梅東說：「我只是在一些無關緊要的地方瞞了你。不要把南施牽進去比什麼都重要。沒錯，我是去過那汽車旅館。我想把槍要回來，因為我想我會留下來保護南施。但是她告訴我槍不在她那裡了。她把槍給了她作家朋友，洪國本。」

「這就把你激怒了？」我問。

「我是很生氣。我給她這支槍，是為了她的安全。」

「你就怎麼辦？」

「我把她帶到墨西加利的露西娜大旅社。給她一間房，把房租付了。我自己回加利西哥，住在第安薩大旅社。」

我搖搖頭說：「沒有，你沒有。你開車向北，到了小貨車停車的地方。你說說看，為什麼你要走進船宅去？」

「我沒有走進去。」

「好，就算。發生什麼了？」

顧梅東沮喪地說道：「我一直沒把實況告訴你們兩個人。我想我應該早告訴你們的，但是我想要保護自己。」

「快說，」我提醒他：「我們的時間不多。」

顧梅東說：「我一路向加利西哥來的時候，我的車頭燈照到了路邊的小貨車、拖車和船宅。正在那時我看到一個人從船宅門跳出來，飛一樣著地，立即向水溝方向拚命跑過去。他跑了幾碼後，我車燈就照不到他了。」

「你怎麼辦？」

「那大概是清晨兩點。我停車，走到船宅前大聲問裡面的人是否一切沒問題。

「沒有回音。我敲門。大概這個時候我把指紋留在了門框的左面，為的是穩住自己。然後我想到這不關我事，我又問了一次，沒有回答，我就開車繼續去加利西哥。

「我是直接去了楓葉汽車旅館，找到南施談話，內容也差不多像那個證人所說的。我帶了南施過境，給她住在墨西哥，我認為這樣會比她住在楓葉汽車旅館安全。我要她脫離她作家朋友的掌握。」

「槍怎麼回事？」

「我是對她說過我要她把槍還給我。我想一個女人帶支槍過境被發現不太好。她告訴我槍不在了。她交給她朋友阿國了。

「我承認我很生氣。我為她安全才把槍借給她，當然不喜歡她把槍再轉交給那倒楣的作家朋友。」

我轉向鈕律師說：「好了。現在要看你單騎救主了。」

「什麼意思？」

我說：「除非你能出奇制勝，否則他們會說他是嫌犯，送他去上級法庭審理了。」

「不管你能做什麼，他的嫌疑逃不掉，他們也已經鐵了心要說他有嫌疑，要送他去審理了。我甚至不想說一句反對的話，硬要我提辯論也不會有用。因為我最多說些陳腔濫調，說他們除了環境證據什麼也沒有。也許我可以說他們雖有船宅上的指紋，但不能確定指紋是什麼時候留下的。也可強辯他們雖知道兇槍是什麼人的，但不能證明槍在什麼人手裡，是幾點鐘開的槍。有什麼用？」

「你說你的客戶一點希望也沒有？」

「一點也沒有。」

我看向顧梅東。「你喜歡這種結果嗎？」

「老天，當然不喜歡。」顧梅東說。

「但是你沒有辦法，」鈕律師說：「假如他是冤枉的，也冤定了。」

我說：「你要是進行得對，也就不一定。」

鈕律師突然厭惡地對我說：「你是不是想教我應該怎樣處理這件案子？」

我直視著他的雙眼說：「是的！」

「休想！」鈕律師警告我：「我不知道你在這案子中佔了哪一門，賴老弟。不過我知道你搞了不少鬼。顧先生看到從船宅裡逃出來的人，會不會就是你呢？」

「這一點可以放心，我不是他看到的人，」我說：「假如你用一點腦子，我們可能有機會，今天，就是現在，把事情全都解決了。」

「你瘋了，」他告訴我：「打官司定則，預審的時候被告是無能為力的。你詰問證人，儘可能挖掘出來起訴的檢方知道多少事實。其後，人家怎樣打你，你就怎樣應變，所謂兵來將擋，水來土掩。」

「去你的打官司定則，」我說：「我是在說一個特別案例，這件案子。你讓他們把顧梅東定罪，全國報紙都會拿他當頭條新聞。」

「我們沒有辦法控制報紙，」鈕律師說：「這國家新聞是自由的，他們認為來路可靠的新聞都可以刊登。

「尤其現在，其中又夾雜了桃色新聞進去。相信過不多久，全國新聞界都會忙起來了。百萬被告午夜幽會……」

我對顧梅東說：「你要不要在這一庭辯白一下？」

「我只想脫離困境。」他說。

「現在不是顧梅東要不要，而是我要不要，」鈕律師說：「我是律師，我不受客戶干涉，我目的是為他最後、最好的利益。賴老弟，我更不受自負可惡的私家偵探干涉。」

「我不是一個自負可惡的私家偵探，」我告訴他：「我是一個非常好的私家偵探。」

顧梅東在我們兩個人之間看來看去。

「你要怎麼辦，顧先生。」我問：「你快決定。」

「我還能做什麼？」顧梅東說：「鈕律師已經決定了。」

「鈕律師是替什麼人工作的？」

「怎麼啦……我想他是……他是為我工作的。」

「我不為什麼人工作，」鈕說：「我是自由職業人。我是律師。有案子時別人可以聘請我。我出庭，用我認為對當事人最有利的方法進行。請你不要弄錯，用我的方法。」

顧梅東聳聳雙肩，無助地向我看看。

我對他說：「我還是要你自己來判斷，顧先生。我認為我們有辦法把你救出去。事實上，我相當有把握，我們能辦到。」

「我打賭一千比一。」鈕律師說。

「我現在就拿一百元出來。」我告訴他。

他生氣地說：「我不知道你做真的賭博，我只是告訴你可能性，你再賭多少錢也沒有用，因為休庭完畢我就會站起來告訴法官，我們同意法諭可能有罪，讓他們送我們去上級法庭，在有陪審團情況下接受初審。」

我看向顧梅東，對顧梅東說：「開除掉他！」

「什麼？」顧梅東不相信自己耳朵地說。

「開除他！」我說。

鈕律師看著我說：「瞎說什麼，你這個自以為是、一派胡言的狗雜——」

我看都不看他，向顧梅東說：「他是你的律師，你把他開除了，照我告訴你的方法做，你可能脫離這困境。」

「原來你也想做律師！」鈕說。

「我在建議顧先生怎麼辦，顧先生可以自己做自己的律師。顧梅東，你照我所說的去做，我們可以自由回家。」我說。

顧梅東猶豫地愣在那裡。

法官休息室門打開，普法官走出。法庭監守官促使法庭靜肅。我們大家歸位，先站起，法官坐下後大家才坐下。

「很好！」普法官開口：「我們回到民眾公訴顧梅東的案子。被告要提什麼辯白嗎？」

「開除他！」我對顧梅東說：「現在！」

顧梅東突然做了一個決定。他站起身來說道：「庭上，我要自己做自己的律師。」

普法官給他弄糊塗了，副檢察官轉向看我們，好像我們是一群瘋子。

「你要解僱你的律師？」法官問。

鈕律師一把夾起他的公事包，說道：「用不著解僱，這案子我不幹了。」

「等一下，等一下，」普法官說：「法庭沒有同意前你不能不幹。」

鈕律師猶豫地說：「我不要這個當事人了。我受不了他，更受不了他那自負可惡的私家偵探。」

「你先控制一下情緒，」普法官說：「顧先生，請你說是怎麼回事？」

「我要有所辯白，我要處理自己的案子。」顧梅東說。

「你要解聘你現在的律師？」

「我要解聘他。」

普法官看向鈕律師：「你也想離開這案子？」

「我離開這案子。我已經離開這案子了。我要離開，我和這案子一點關係都沒有了。」

普法官嘆了一口氣。「好吧，」他說：「庭諭：被告准許自己做自己的律師，為自己辯護。」

「現在，顧梅東先生，你要不要請什麼證人？」

「叫洪國本。」我低低向他耳語。

顧梅東看看我，看看正在昂視闊步走出法庭的鈕律師憎恨的背。

「我請洪國本做我第一個證人。」他說。

洪國本蹣跚地走向前來，把右手舉起，但是全身的筋骨都在痠痛。顧梅東低低問我：「我問他些什麼？」

「坐我邊上，」我說：「照我告訴你的問題問他。」

洪國本宣誓的時候，我向顧耳語道：「問題要短，儘量讓他講。你第一個問題是問他有沒有見過這支槍，民眾證物二號。把槍放進他手中，假如他說有，就問他最後一次見到是什麼時候。盡量叫他講話。」

顧梅東笨手笨腳有如一個人第一次下場溜冰、滑雪。他錯亂地說：「請把手槍給證人看看，我要問他以前有沒有見過這支槍。」

「目的是什麼呢？」普法官問。

顧梅東看看我。

我說：「我們想查明，這支槍怎麼會到田裡去的？」

顧梅東把我的話轉傳給法官。

「很好，」法官說：「我認為這是被告合宜的防禦，何況檢方對這問題已經開了一個端。請證人回答這問題。」

「我以前見過這把槍。」國本說。

「什麼地方？什麼時間？什麼情況下？什麼時候離開他手上？」我告訴顧梅東。

「你什麼時候見過它？」梅東問。

「我在——我想我在十七號見到它。」

「什麼情況下你拿到它的？」

「白南施把它交給我的。她告訴我——」

「等一下，」路克林說：「我們反對道聽塗說。」

「反對成立。」普法官說。

「這支槍最後什麼時候還在你手裡？」

「十九號黃昏我把它弄丟了。」

「你怎麼會弄丟的呢？」

「布袋把它從我手中搶了去。」

顧梅東看看我。

「誰是布袋？」我向他耳語道。

「誰是布袋？」他說：「都告訴我。」

洪國本說：「我在追蹤一批毒品走私。這支槍暫時在我身上。我從聖飛利跟了毒品上來。我還以為我滿聰明。

「我不知道有一輛車反盯在我的後面。當我們到了拉波塔附近，後面的車追上我，逼我向路旁，前面的小貨車也停了下來。

「開後面追蹤車的人顯然是個過氣拳師。因為另外一個人叫他『布袋』。布袋修理了我。我想拿出槍來對付他。但是開小貨車的——我相信是舒愛迪——制住了我。」

「叫他繼續。」我輕輕告訴顧梅東。

「說下去。」顧梅東說。

我輕輕告訴顧梅東：「每次他停下來，就叫他繼續。」

國本說：「他們真的把我揍慘了。黑眼圈就是這樣來的。鼻子出血了，嘴唇破了，襯衫上都是血，修理終了時我的樣子非常不好看。」

「說下去。」顧梅東說。

「他們是把我拖下車整我的。他們把我綑綁起來，用的是一種又細又牢的釣魚線，把我嘴也塞起來，又把我拋回車去，只是這次在後座。他們把我的車子連我一起沿了一條小路開下去，把我拋在路邊。」

「說下去。」顧梅東說。

「他們拿走了那支槍，那個叫布袋的拿走了那支槍。」

「說下去。」顧梅東說。

「這差不多是全部的了。」國本說：「除了——我想大概早上七點鐘——八點鐘吧，有位好心的墨西哥男人，他的名字叫荷西．卡派拉，走過看到我車在路旁。他停車查看一下，見到我被綑起來，嘴裡還塞了東西。是他把我解開放我出來的。那個時候我幾乎已經半死了。荷西．卡派拉把我帶到他家裡。他們給我咖啡，蛋和墨西哥早餐，又叫我好好睡了個飽。過了一下，荷西把我送回停車的地方。我自己開車離開，走過一個路旁飯店，我進去喝啤酒。賴唐諾和白南施就是在那裡找到我的。」

「問問他，他是不是很痛，不能活動。」我說。

「你是不是很痛，身體活動不方便？」顧梅東問。

「當然我痛。我的肋骨幾乎被踢凹進去了。我今天比他們揍我那天還要痛。我不但眼圈黑了，我想我肋骨斷了。」

「叫他給我們看身上的傷痕。」我向顧梅東耳語道。

「你能給我們看身上的傷痕嗎？」顧梅東問。

國本向他指指自己的黑眼睛。

「看他肋骨、身側，要看身上的。」我告訴顧。

「其他的傷痕，」顧梅東說：「身上哪裡有其他的傷痕？」

國本輕輕地把手扶向他自己側面說道：「到處都有。」

「給我們看。」我說。

「給我們看。」顧梅東依樣地說。

「什麼意思給你們看？」國本問道。

「把你襯衫撩起來。」我耳語道。

「把你襯衫撩起來。」顧梅東說。

洪國本看著我們，突然眼睛中出現驚慌。「我不願意在大庭廣眾之下脫衣服。」他說。

「只要給我們看看什麼地方打青、打腫了，」我耳語道：「給我們看上肢有沒有一塊黑青，給我們看身上任何地方，任何一塊外傷——一塊就好——青的紅的都可以。」

顧梅東口吃地說：「給我們看你身上，給我們看有沒有一塊青的或黑的。」

「我不一定要聽你的。」洪國本說。

顧梅東僵住了，好像進了死巷子。

「說他在說謊，」我說：「說他身上根本一處傷也沒有，所以無法找一處給我們看。請庭上找個醫生來檢查。」

顧梅東把手指插進頭髮裡，把頭髮向後攏幾下，說道：「庭上，請個醫生檢查一下好嗎？這個人身上根本沒有傷。」

「他一定會有的。」普法官說。

「他在說謊。」顧梅東說。

「等一下，」路克林說：「你不能責難你自己的證人。我不願意對一個在為自己辯護的人，太講究技巧問題，但是我必須保護民眾的權益。你不能責難你自己的證人。」

我說：「問法官他要不要知道本案真相。」

顧梅東這次做得很好。他說：「到底庭上你想不想知道本案的真相？」

普法官看看惶惶不安的洪國本，猶豫著。

「等一下，」路克林說：「本案到底是由什麼人來審理？那私家偵探到底在搞什麼鬼？賴唐諾又不是律師，他和本案毫無關係，他根本不應該在庭裡。」

洪國本再也受不住了，他跳下證人席，像隻受驚的兔子一樣逃出法庭的側門。

「不要給他跑了。」法官向法庭監守官大聲喊著。

他們沒有來得及阻止他，他已經逃出法庭了。

我看向法官，說道：「報告庭上，這證人身體恢復得很快，是嗎？」

普法官從上面向下看著我，想要叱責我，突然微笑著說：「說的也是。」

「我建議警方應該發出一個全面通緝令，把這個人捉回來。有個黑眼圈應該很容易捉到。」我說

「但是這個賴唐諾根本沒有資格在本案發問題。」路副地方檢察官反對道。

普法官向他笑笑道：「沒有錯，路先生。但是本庭是有資格發問的。本庭還有很多有趣的問題，正想請教這位證人呢。」

庭警在法院的大門口捉住了往外逃的洪國本，把他送回了法庭。

普法官說：「年輕人，你本來是在證人席上的。現在，請你馬上回到該去的地方，聽我說幾句話。

「據我看起來你可能和一件刑案有了關連。本庭必須提醒你，你是可以不開口的。你有權一句話也不說。任何可以入你以罪的問題都可以不回答。甚至現在開始，一句話也不說，也是你的權利。你另外也有權請個律師替你處理一切程序和代你發言，如果你

沒有錢請律師，法院會給你指定一個義務律師。但千萬不可以再站起來像剛才一樣，想要逃走。

「現在，你有什麼決定？」

洪國本在座位上扭動一下，沒有開口。

「本庭準備傳一個醫生來檢查你一下，你要不要先請好一個律師？」

國本說：「我什麼都說出來也許會輕鬆一點。我也是被逼的，這事實上是個自衛。我相信要是我再像過去幾天那麼愚蠢，最後恐怕真的會面對謀殺的控訴了。」

「講不講一切都是由你自主的。」普法官說：「但是身體檢查是一定要執行的。」

國本開始吐實。話只是不斷地自他口中吐出。他說：「我知道毒品走私即將過境。我知道一個人開毒品車上來，會和一個過境後開探路車的人會合，時間是傍晚七點鐘，地點是蒙地卡洛餐廳。我約好我女朋友同時同地見面。

「那天突然下雨了，車子都誤時了。我跟了他們過了邊境，那時車裡已經有兩個人了，一過邊境，其中一人取一輛探路車繼續向前開。小貨車、拖車及船宅就經過加利西哥市區後停在路旁。

「我所要的情節都收集全了，真是太棒的一篇報導。但是還缺最後一環，我要看他們把船宅弄去哪裡。我後來知道，探路車見到了路障和臨檢，所以船宅就暫停路旁。

「我找了一個能觀察船宅的位置。那一晚下著雨。我等了又等，小貨車的駕駛已經進了船宅，我想他睡了。

「我太自信了，也實在太魯莽了。我阻不住自己的慾望，我還有一件事沒有得到——我沒有小貨車的牌照號碼。船宅比拖車大，小貨車的牌號不容易見到。我以為駕駛小貨車的人已經在船宅裡睡著了，我偷偷向前，想要得到小貨車的牌號，結果自投羅網。那個駕駛不知什麼時候發現了我，突然開門，手裡拿了支槍，把我逼進船宅去。

「我知道，不是他就是我。他還不太清楚我是幹什麼的。我從他言行看得出來，他並不認為我是警察。他想要知道我偷偷摸摸地想要什麼。我趁他不備把自己的槍拿出來，叫他不要動，我緊張得要命。我曾等也許十分之一秒鐘，看他要對我怎麼樣。他開槍了。假如警方仔細找找船宅的前半部，會在什麼地方找到一個彈孔、彈頭的。

「我差不多和他同時發射，他落空了，我沒有。

「我慌得要命，我拿了他的槍，把它放在我口袋裡，兩個小時之後我把它拋掉了。

我拿了我手裡的顧梅東的槍，跑下去到我停車的地方，看了一下，就跑到排水溝邊上，盡可能用力把槍拋過水溝去。

「當時，我應該去報警的。但是我要仔細想想，我開車過了邊境，一路在想怎樣可以脫出這場大禍。整夜我都在車裡。最後，一清早供應漁具的店開門時，我買了些釣魚繩子，把自己綑起來；當然先把車停在一定會被人發現的路上。假如太久沒有人救我，我會自己鬆綁的，我以為用這個藉口，可以製造一個時間證人，騙得過去的。

「我向自己的眼睛用力打了一拳，也把鼻子打出血來，使被人修理的情節逼真一點。我沒有想到別人會看我身上有沒有傷。

「賴唐諾在旅社裡不斷引誘我到游泳池去，我就知道我的故事裡還有缺點。我知道有人要看——無論如何我不希望大家認為這是謀殺，我確是自衛。」

普法官低下頭，看向宓善樓。「不知道警官們有沒有仔細搜查過那船宅，有沒有在船宅的前半部看到什麼彈痕？」他問道。

「船宅裡沒有彈孔，庭上，」善樓說：「但是有一只沙發墊子，上面有一個孔。我們沒有把墊子拆開來看裡面有沒有彈頭。」

「你們最好馬上去拆開來看看，」普法官說。然後又好像受了冤一樣的，加了一句：「就我看來，這件案子警方的工作，不夠水準。

「這個人我就交給檢察官看守起來。控訴顧梅東的案子撤銷。

「退庭。」

普法官自寶座起立，法庭裡一片囂亂。一群記者搶著優先跑出庭去。大概都是去找最近的電話亭。

我向顧梅東看看，說道：「恭喜你。」

這傢伙一把把我擁抱住，我還真怕他會吻我哩。

花了半個小時，才把記者們打發掉，兩個人回到我的車子前。我一直教顧梅東向記者說「不作批評」，記者們最後才真的放棄，但是電視記者的鏡頭始終還是對著我們。

終於在最後，他們都散了，我們自由了。

我交了一張公路圖給顧梅東。

「這是什麼？」他問。

「一張地圖，一張南下厄爾高爾福的地圖。」

「厄爾高爾福？那裡有什麼？」

「白南施。」我說。

「為什麼她會在厄爾高爾福？」

「因為只有這樣，你南下找她的時候，記者不會跟蹤你——假如你小心一點的話。之後，你可以在下個禮拜的第一天到我們辦公室來。來結帳。」

他看著我，突然開了竅，抓住我的手，很用力，很用力。

第十六章 迎向新生活

柯白莎有點像吃了生米飯，把她的辦公椅當作搖椅，前後搖來搖去。眼光有如手上的鑽石一樣硬。

「顧梅東先生，你要聽我講，」她說：「你應該可算是個大人物，你當然見過世面。「什麼意思，你跑到這裡來，騙得我們團團轉，說是要找洪國本，其實你心中想要的是他的女朋友？」

顧梅東不舒服地蠕動了一下。

「我聽到過有的時候私家偵探社會倒過來勒索自己的客戶，」他說：「所以，我隱瞞了一點我的背景。我絕對不能使我的名字和白南施有任何牽連。假如我當時告訴了你們我真正要什麼……我自己就一點退路也沒有了。」

「所以，」白莎說：「你假裝眼高於頂。老實告訴你，我最討厭你的是，你走進來，先要把我們壓低一點，顯顯你的威風。假裝你對我們偵探社不熟悉，假裝賴唐諾個子太小，不堪重任，假裝我不好，因為我是女人。

「把你支票本拿出來，顧梅東先生，讓我也叫你難受一下。

「你答應過我們有一定的出差費。」

顧軟弱地說道：「我會加多給你沒錯，但是……」

白莎的坐椅突然向前停住，把兩個手肘靠在辦公桌上，目光閃爍地看向顧梅東。

「事實上，你騙了我們，我們多走了很多不必要的路，你把賴唐諾引進了非常危險的局面。你……」

「知道，知道，我都知道。」他說：「我準備額外付一點點錢。」

「多少錢？」白莎問。

「我永遠會記住賴唐諾給了我最好的打官司建議，」顧梅東說：「為了這樣我要付點獎金。」

「多少錢？」

顧梅東長長吸一口氣。「我要你們完全不開口，」他說：「我的目的，一個字也不能洩露出去。我要完全的保密。」

「多少錢？」白莎問。

顧梅東伸手進口袋，取出一張早就開好的支票。「我開了一張一萬元的支票。」他說：「我交給你算是出差費和獎金。」

白莎的下巴垂下，嘴巴張了開來，兩隻眼睛搧呀搧的眨了好幾下。

「他奶奶的。」她說。

然後，亮光一閃，那是她帶了鑽戒的手，攫住了那張支票。

「有一點不能不告訴你們，」顧梅東說：「我現在的人生觀和生活方式已經全部改變了。我討厭在人造的環境下過日子，整天錢，錢，錢。

「現在開始我要培養我先天賦予的能力。總之，我要完全改變我自己。我已經有了個新地址了，那是皮靈街八百一十七號。我要遷進洪國本空出來的公寓去。」

這傢伙面有喜色地向著我們發光。

白莎把支票對摺，說道：「他奶奶——不對——他奶奶的奶奶。」

顧梅東微笑道：「不要以為你老了。穿上比基尼，把你帶到厄爾高爾福，一樣可以享受日光浴。」

我走過去，這次是我握住他的手，很用力，很用力。

相關精彩內容請見《新編賈氏妙探30 最後一張牌》

新編賈氏妙探之29 逼出來的真相

作者：賈德諾
譯者：周辛南
發行人：陳曉林
出版所：風雲時代出版股份有限公司
地址：10576台北市民生東路五段178號7樓之3
電話：(02) 2756-0949
傳真：(02) 2765-3799
執行主編：劉宇青
美術設計：吳宗潔
業務總監：張瑋鳳

出版日期：2024年2月 新修版一刷
版權授權：周辛南
ISBN：978-626-7303-22-1

風雲書網：http://www.eastbooks.com.tw
官方部落格：http://eastbooks.pixnet.net/blog
Facebook：http://www.facebook.com/h7560949
E-mail：h7560949@ms15.hinet.net
劃撥帳號：12043291
戶名：風雲時代出版股份有限公司

風雲發行所：33373桃園市龜山區公西村2鄰復興街304巷96號
電話：(03) 318-1378
傳真：(03) 318-1378
法律顧問：永然法律事務所 李永然律師
　　　　　北辰著作權事務所 蕭雄淋律師

行政院新聞局局版台業字第3595號 營利事業統一編號22759935
©2024 by Storm & Stress Publishing Co.Printed in Taiwan
◎如有缺頁或裝訂錯誤，請退回本社更換

定價：299元　　**版權所有　翻印必究**

國家圖書館出版品預行編目資料

新編賈氏妙探. 29, 逼出來的真相 / 賈德諾(Erle Stanley Gardner)著；周辛南譯. -- 臺北市：風雲時代出版股份有限公司, 2023.05　面；　公分

譯自：All grass isn't green
ISBN 978-626-7303-22-1（平裝）

874.57　　112002579